Édition : BoD – Books on Demand
12/14 rond-point des Champs-Élysées, 75008 Paris
Impression : BoD - Books on Demand, Norderstedt, Allemagne
Dépôt légal : Juillet 2021

# SARAH H

# *Féminins Singuliers*

Merci à toutes les librairies
qui acceptent de vendre nos livres.
Se faire publier est très couteux
et surtout impossible.
Les maisons d'édition classique
ne s'intéressent pas assez aux auteurs
qui ont pourtant la passion de l'écriture.

Merci aux libraires d'aimer leur métier
et de nous laisser un coin de leurs rayonnages.

Facilitateur : https://www.mlasuiteeditions.com/
Coordination éditoriale : Hervé Meillon
Dépôt à la bibliothèque royale : 09/2021
Mise en page : M La Suite
Couverture : ©Hervé Meillon
Contact auteur : femininsingulier2021@gmail.com

ISBN : 978-2-3223765-5-1

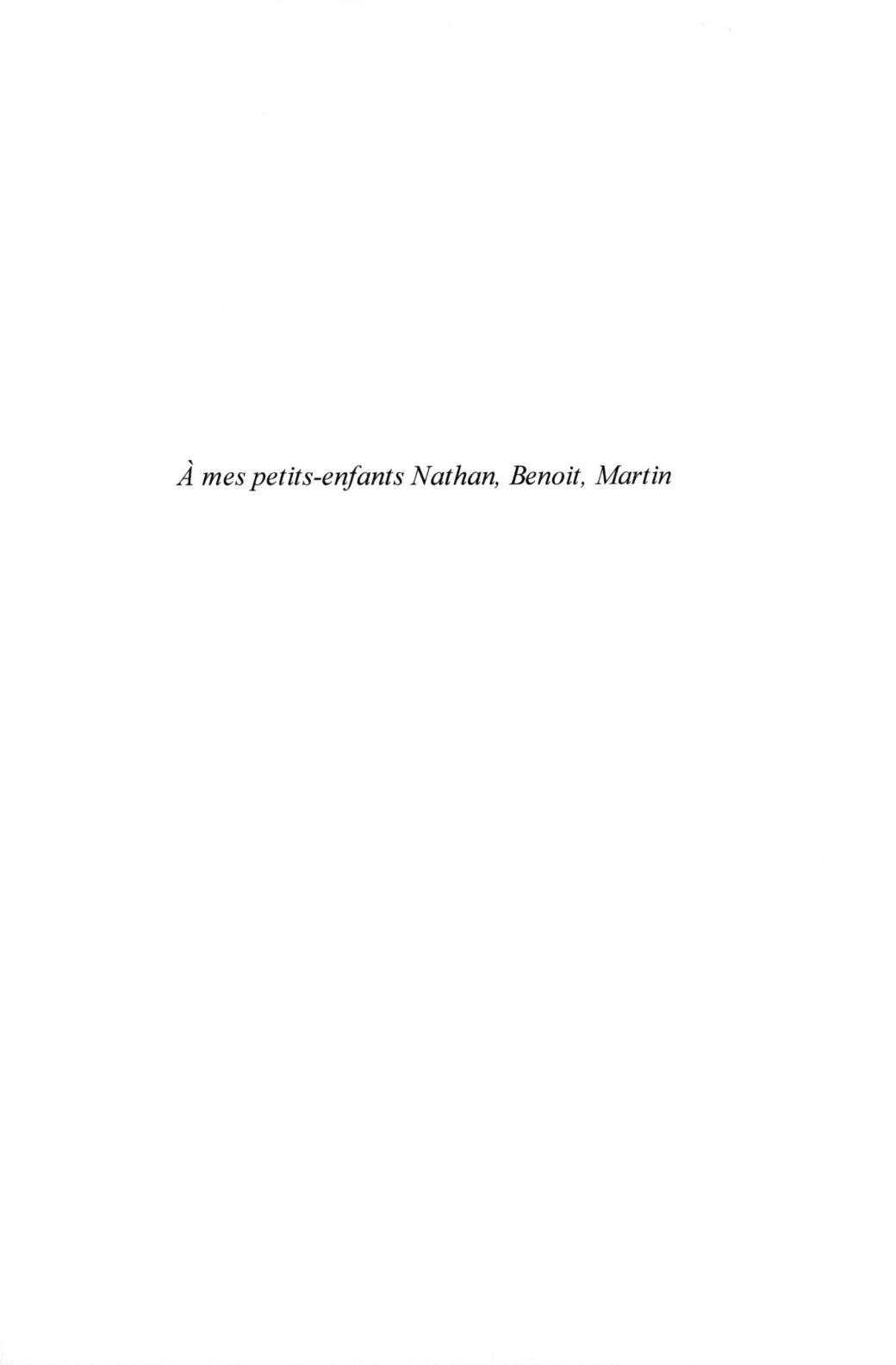

*À mes petits-enfants Nathan, Benoit, Martin*

# PRÉFACE

Lorsque par hasard Philippe, le fils de Sarah H, me fit lire ces lignes en cachette, il ne s'attendait pas à tant d'enthousiasme de ma part. Je fus séduit par cette écriture simple et généreuse. Nous avons décidé ensemble de vous les faire partager.

Depuis, je sais que Sarah est heureuse du présent que lui fait son fils. Comme par provocation et par jeu, elle lui a même promis d'en faire une suite au masculin !

Sarah Hernalsteen, Belge de naissance, 86 ans, a été professeure de français, la langue pour elle est une règle d'honneur, de respect ancestral. Retrouver son langage est un gage de bonheur et de souvenance.

Sarah navigue dans sa vie entre les joies partagées de son potager, de ses petits-enfants et de ses mots qu'elle nous donne à déguster.

Dans cette série de nouvelles, vous allez retrouver des mots moins usités de nos jours, en effet les smileys n'y courent pas les pages. Les quiproquos d'amour de Thérèse trahiront peut-être les secrets de vos ancêtres. Tante Ursule vous fera penser à Tatie Danielle. Même voler un magazine dans une salle d'attente ne vous culpabilisera pas, et que du contraire, vous rappellera des souvenirs. Vous apprendrez à crier « Abacadabra » avec Viviane pour garder l'espoir...

Ces contes à mi-voix, entre anecdotes et narration contée, nous emportent dans des souvenirs avec émotion et grande tendresse.

J'espère que vous prendrez autant de plaisir que nous à parcourir cet alphabet « Féminins singuliers ».

Hervé Meillon (M La Suite)

# *Armande*

Le père d'Armande vient de décéder dans le home où il avait lui-même voulu entrer, se rendant compte qu'il ne lui était plus possible de vivre seul. Après l'enterrement, seule héritière, Armande a décidé de vendre la maison. Hier, elle a pris son courage à deux mains, elle a commencé par faire le tri des vêtements, des meubles, des bibelots, de ce qu'elle désire garder et de ce qu'elle va donner à une association s'occupant de nécessiteux.

Aujourd'hui, elle dépose les boîtes à chaussures sur la table de la salle à manger et s'attaque aux papiers. La première contient des factures, des modes d'emploi, des garanties d'appareils disparus. Dans la seconde, elle trouve de vieilles cartes postales, des cartes de vœux et des lettres glissées dans une grande enveloppe brune. D'abord, elle hésite à les lire, mais la curiosité est la plus forte surtout quand elle se rend compte que la majorité d'entre'elles, pieusement gardées par sa mère, ont été écrites par son père alors qu'il était prisonnier en Allemagne. Née en 1940, Armande ne l'a vu pour la première fois qu'à son retour en 1945 et elle aimerait en savoir plus sur ce père qui a toujours refusé de lui raconter sa vie en captivité.

Au fil des pages, elle apprend que son père a d'abord séjourné dans une ferme où lui et ses compagnons étaient traités comme des esclaves, logés dans une grange, privés du minimum et obligés de voler pour satisfaire leur faim. Après 6 mois, il avait été affecté à une autre ferme tenue par trois femmes et où le seul homme était un vieux grand-père de 78 ans.

Là, grâce à son travail et à ses initiatives, il avait peu à peu gagné la confiance de toute la famille, mangeait avec eux et avait même une chambre dans le grenier du logis. Il y était resté jusqu'à la fin de la guerre. Après les avoir lues, Armande décide de les brûler. Maintenant, elle s'attaque à la troisième boîte qui ne contient que des photos.

Il y a des photos de ses parents jeunes, celles de la famille et celles de son enfance prises par sa mère afin que son père puisse apprécier à son retour comment était cette petite fille née pendant sa captivité. Il y a aussi des photos de gens qu'elle ne connaît pas, mais souvent, au dos, il y avait un nom ou une date. L'une d'entre'elles, celle d'un bébé souriant porte un nom qu'elle n'a jamais entendu : Gaspard / Velburg / 1944

Parmi les photos où elle se trouve avec son père et sa mère lors de vacances à la mer, elle trouve celle d'un petit garçon, seul devant des lions du zoo, et au dos le même prénom : Gaspard / Anvers / 1954

Intriguée, elle continue sa recherche et trouve une troisième photo : vraisemblable prise à l'Exposition internationale de Bruxelles : son père en compagnie d'un jeune homme, au dos, on a écrit : Gaspard / Bruxelles / 1958
Les photos semblent confirmer les doutes que certains sous-entendus lors des discussions familiales avaient éveillés et elle comprend mieux la discrétion de son père.

Maintenant, elle se demande :

- Comment est ce demi-frère en Allemagne ?
- Connaît-il mon existence ? Que fait-il ? Est-il marié ?
- Si j'essaie de le retrouver, comment m'accueillerait-il ?
- Ne vaut-il pas mieux laisser les choses telles qu'elles sont ?

Elle ne peut répondre à aucune de ces questions, alors, elle reporte sa décision pour plus tard et enferme les photos dans la boîte.

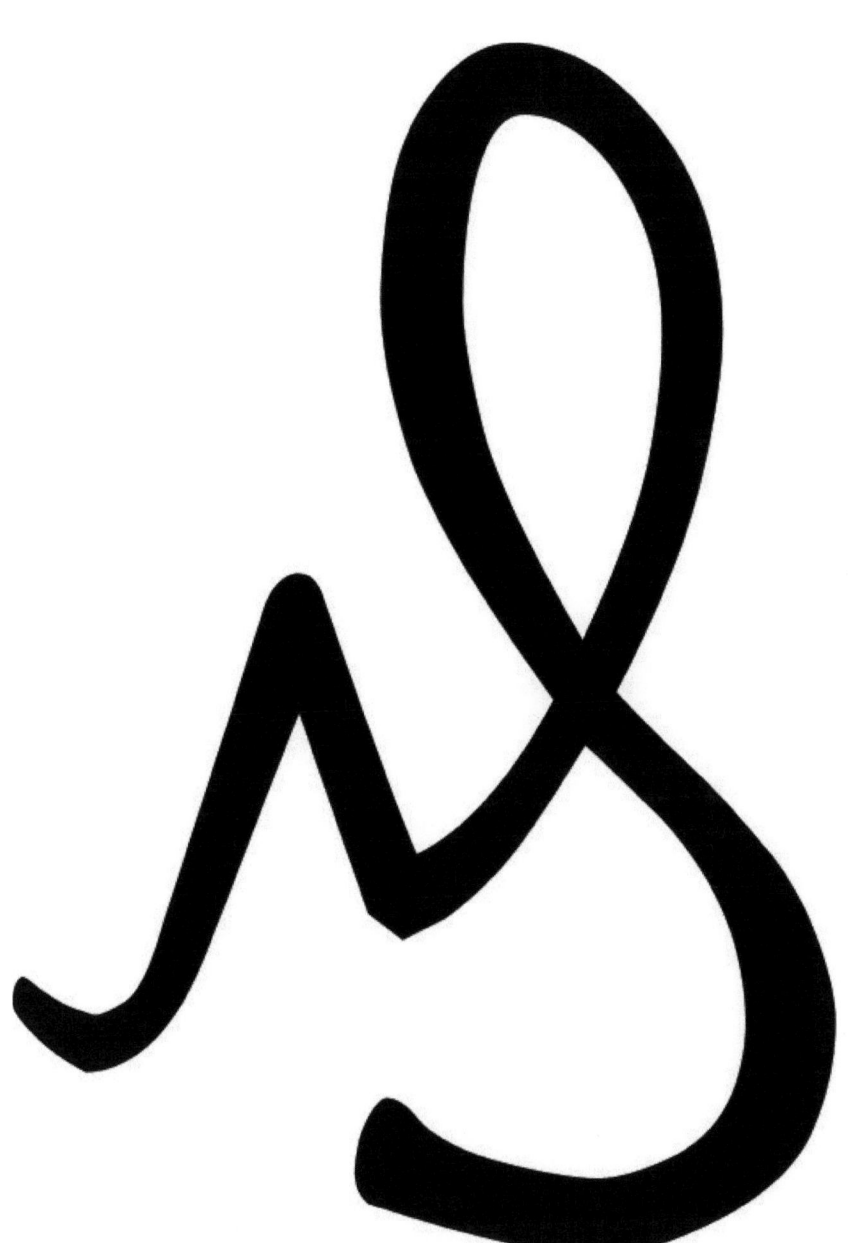

11

# *Bernadette*

Le handicap ne durera pas, enfin ... c'était ce qu'avait dit le chirurgien, mais ... elle est dans ce fauteuil roulant depuis plus de trois mois et le temps lui paraît si long.

Au début, la hargne au cœur, elle a utilisé les béquilles, croyant que cela serait plus facile pour se déplacer, mais après des efforts douloureux et fatigants, elle est vite revenue au fauteuil roulant.

Avec détermination, par orgueil, elle essaie de vivre comme d'habitude, elle ne veut dépendre de personne, mais sans succès.

Elle est vexée par le sourire de commisération de ceux qui se proposent de l'aider, elle se sent atteinte par l'hésitation de ceux qui ne savent pas quelle attitude prendre ou qui détournent les yeux, le regard ennuyé.

Tout est, rapidement, devenu trop difficile à supporter et de plus en plus souvent, elle préfère s'enfermer, seule, chez elle.

Son meilleur lien avec l'extérieur, c'est le téléphone posé sur une petite table à côté d'elle, à portée de main et toujours disponible.

Quand elle prend l'initiative d'appeler, elle croit percevoir une légère exaspération chez son interlocuteur, elle comprend qu'elle tombe mal, alors, elle écourte la conversation et puis, peu à peu, elle hésite et téléphone de moins en moins souvent. Si la sonnerie aigrelette résonne, c'est comme une fenêtre qui s'ouvre brusquement toute grande sur le monde, elle ne décroche pas tout de suite pour prolonger ce moment, ce délicieux petit pincement au cœur, cette attente d'une voix connue et amicale.

Quand des amis viennent la voir et qu'ils restent debout à côté d'elle, elle doit les regarder de bas en haut et cela lui donne un sentiment d'infériorité qu'elle supporte mal, mais quand enfin, ils s'asseyent sur le divan, ils se trouvent à la même hauteur qu'elle et pendant un moment, elle oublie sa chaise roulante.

Les beaux jours qui arrivent la font rêver, elle a des fourmis dans les jambes, elle aimerait se promener, flâner dans les premiers parfums de la nature qui se réveille, sentir le vent frais sur son visage, et voir cette lumière si particulière d'un printemps précoce, mais elle a décidé de ne pas quitter son appartement tant qu'elle ne marcherait pas ... comme avant.

Par la fenêtre, Bernadette regarde dans la rue, elle observe tous ces gens qui circulent, qui marchent sans réfléchir, qui courent, sans penser à la chance qu'ils ont.
Elle ne les jalouse pas, mais elle sait que dorénavant elle prendra conscience de chaque pas qu'elle fera.

Si les premiers temps, elle a espéré que la guérison vienne rapidement, elle craint maintenant que ce qu'elle ressent comme un supplice ne se prolonge plus longtemps et ne remette en question son comportement futur.

Peu à peu, sa vision du monde change.
Elle refuse de se laisser glisser dans la déprime de l'amertume et veut au moins, retirer le positif de son expérience.

Assise à la fenêtre, Bernadette regarde à l'extérieur, elle observe le monde et elle sait qu'elle ne sera plus jamais la même.

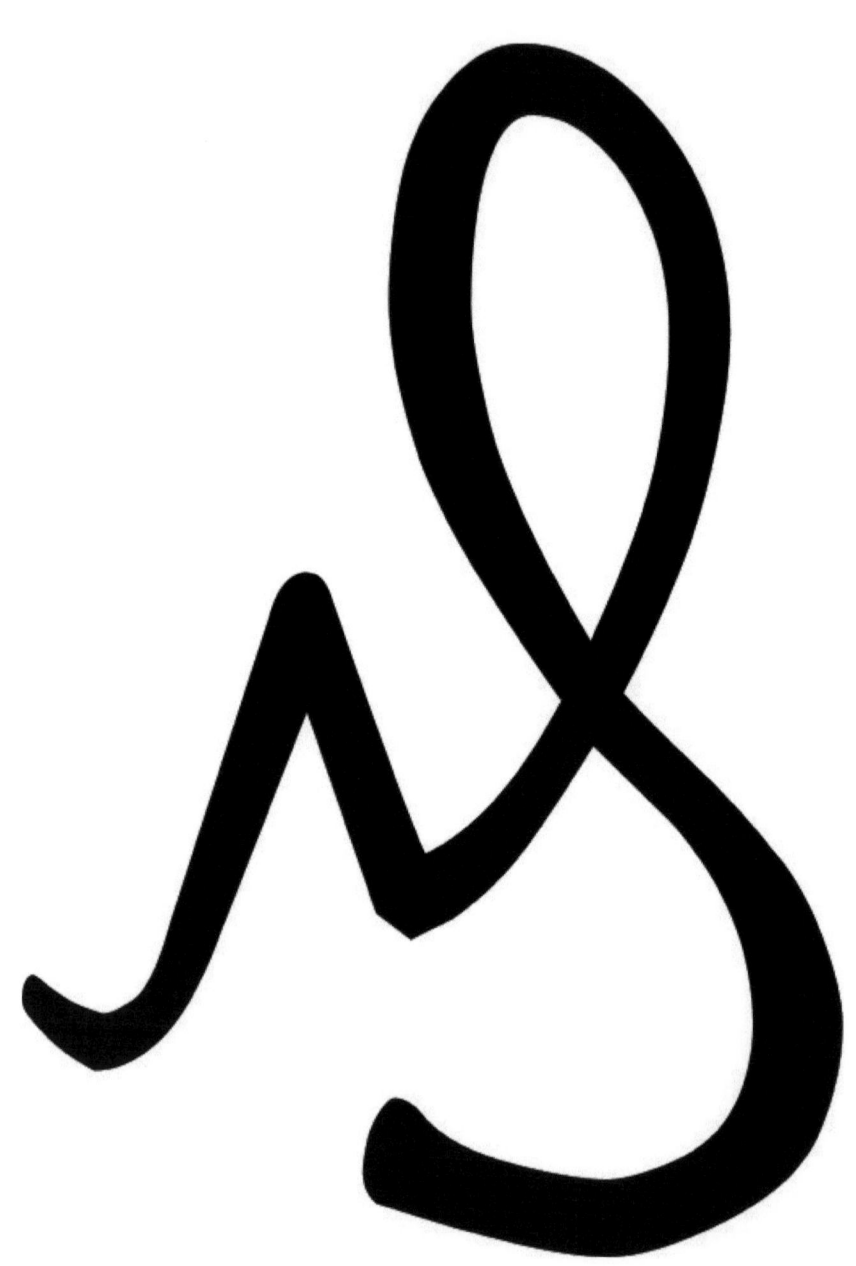

14

# *Caroline*

Caroline est ce qu'on appelle une femme bien. Son mari l'appelle Line, par habitude, comme au temps de leurs fiançailles, quand il lui parlait encore de la couleur de ses yeux. Il admire sa femme et quand il parle d'elle, c'est pour chanter ses louanges : excellente épouse, mère admirable, véritable cordon bleu et maîtresse de maison accomplie, bref, la femme idéale.

Son directeur la cite comme sa meilleure collaboratrice, celle sur laquelle il peut s'appuyer, son bras droit. Ses enfants savent qu'ils peuvent toujours compter sur elle et apprécient sa disponibilité.

Ses amis admirent la qualité de son écoute et la justesse de ses conseils. ... et pourtant ...

Avant d'être cette femme presque parfaite, elle a été Caro, un enfant rebelle qui ruait dans les brancards, faisait mille bêtises, mais que Line tient prisonnière et à qui elle ne donne jamais la parole.

Aujourd'hui, la Caro qui sommeille depuis si longtemps aimerait bien se réveiller, elle a envie de faire un caprice, un vrai caprice, un caprice de Diva, un caprice énorme qui secouera l'univers de Line.

Line calme et pondérée, qui mesure ses paroles et reste digne en toutes circonstances essaie de résister, mais l'emprise se fait de plus en plus forte.

On remarque que Caroline semble fatiguée, mais personne ne se doute du dialogue qui l'épuise.

Caro : dimanche, au cours du repas familial, si quelqu'un prononce le mot « pomme », je fais un esclandre : Je saisis la nappe et je fais tout valser comme dans certains films américains. La tête des convives ! ! !

Line : Comment expliquer ce geste stupide ? Et qui devra tout remettre en ordre après ? Est-ce bien raisonnable ?

Caro : lundi matin, je téléphone au bureau et je leur dis : aujourd'hui, je ne viens pas travailler, j'ai envie d'aller me promener et d'aller canoter et si le temps reste beau, je ne viendrai pas demain non plus.
La tête du directeur ! ! !

Line : Ta tête surtout quand tu perdras ton emploi à cause d'une « restructuration ». Perdre son emploi, est-ce bien raisonnable ?

Caro : Demain, je vais acheter le petit ensemble que j'ai vu dans la nouvelle boutique. Celui dont le pantalon moulant est en cuir noir et dont la veste est ornée de brandebourgs dorés.
La tête de Georges quand il me verra ! ! !

Line : Oui, et tu te feras tellement remarquer que si quelqu'un te voit dans cette extravagance, tu risques de compromettre l'avancement de ton mari.
Est-ce bien raisonnable ?

Caro : mercredi, j'irai conduire les enfants chez leur tante pour l'après-midi, je les reprendrai dans la soirée et j'irai en ville voir un film X
      La tête de celui qui m'y verrait ! ! !

Line : Bravo ! C'est la période des examens, les enfants vont devoir travailler seuls et ils n'auront pas leur compte de sommeil.
En plus ! Voir un film X ! Est-ce bien raisonnable ?

Quand il est rentré, Georges a remarqué :
- Tiens, tu as enlevé le service à punch de tante Agathe qui se trouvait sur le buffet ?
- Oui ! a répondu Line sans plus d'explications.

Caro, riant intérieurement, pense :
- Si tu savais quel plaisir j'ai eu de casser, tasse par tasse, ce cadeau de mariage que j'ai toujours eu en horreur !
Je l'ai mis en miettes en chantant, c'était divin ! ! !

Déjà dans la tête de Caro naissent d'autres projets :
- La semaine prochaine, elle ira chez le coiffeur, fera couper son chignon, se fera faire une permanente avec des boucles partout, et ... se fera peut-être teindre en rousse ! ! !

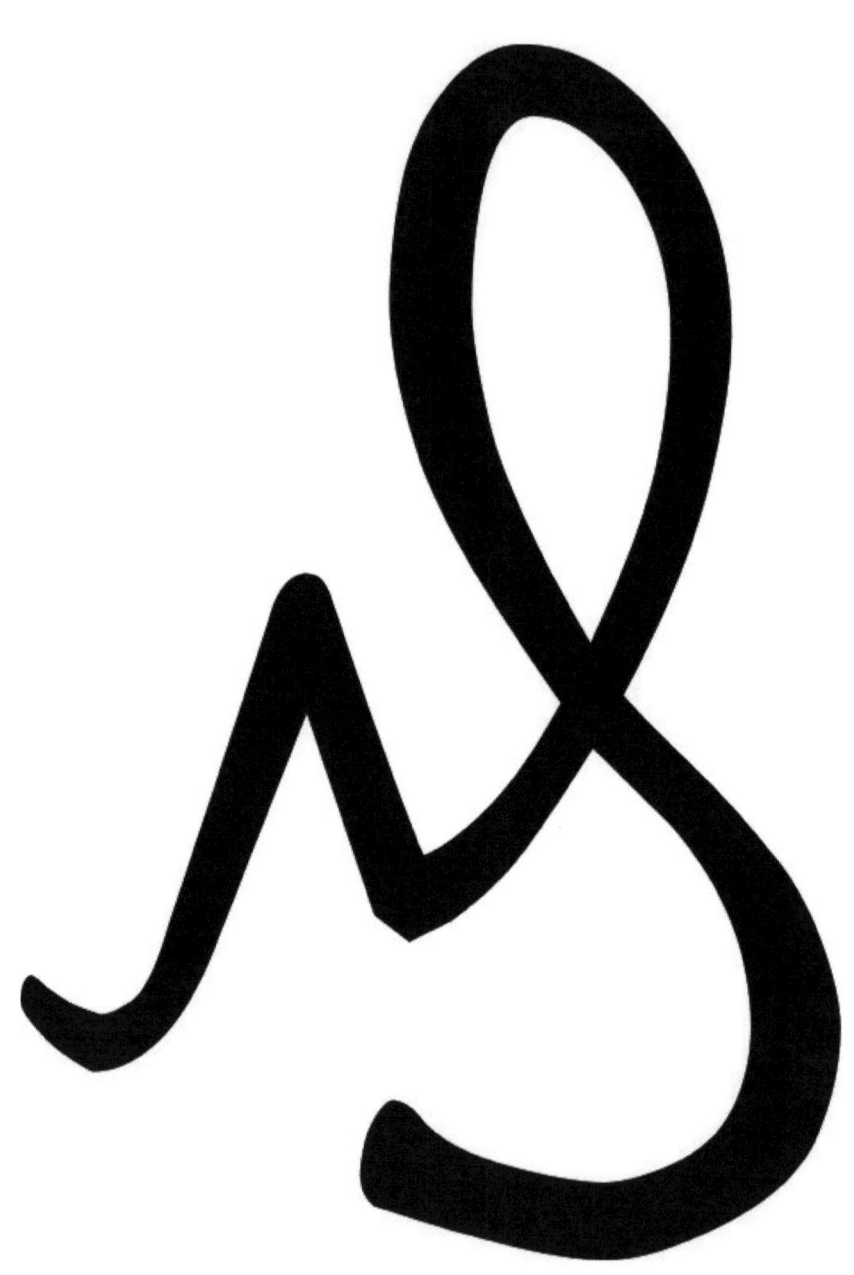

# *Denise*

Denise tient les 22 lames du tarot dans sa main, les tourne et les retourne, les mélange, les remélange, puis d'un geste définitif les laisse tomber.

Images cachées, elles s'étalent, désordonnées sur la table.

Denise les connaît bien, l'empereur, le chariot qui tire à hue et à dia, la maison-dieu, la roue de la Fortune qui broie la vie sur son passage, le pape, la papesse, le diable ricanant, la force maîtrisant le lion ... et les autres.

Elle voudrait que les cartes éclairent le problème auquel elle est confrontée et comme d'habitude, c'est dans les tarots qu'elle cherche une réponse à ses questions.

Sa main traîne de l'une à l'autre, elle hésite comme si elle attendait qu'une d'entre'elles lui fasse un signe.

Elle espère que ce matin, le hasard se montrera clément, et qu'il lui offrira ... le monde, le soleil, l'étoile ou la lune, mais non l'amoureux et son dilemme, le pendu et les chaînes qui l'enserrent, le mat et son errance, le jugement ou l'ermite et cette solitude qu'elle connaît si bien. Enfin, elle se décide, ferme les yeux un moment avant de découvrir sa carte.

Devant elle se dresse ''Tempérance'' comme un reproche vivant, versant d'une cruche à l'autre une eau limpide et purificatrice.

19

Drapée dans une robe bleue et rouge ceinturée d'or, ses ailes déployées adoucissent un regard où Denise croit voir un léger reproche.

Avec regret, mais consciente de prendre une bonne décision, elle dépose la carte sur la table, prend le verre de whisky où tintinnabule un glaçon et lui jette un dernier regard.

Décidée, elle se lève, se dirige vers la cuisine et d'un geste rapide verse le tout dans l'évier.
Elle remplit le verre maintenant vide sous le robinet et …
sans grand plaisir boit une grande gorgée d'eau claire, une petite voix intérieure lui dit qu'elle agit pour le mieux.

Plus calme, elle regagne sa place, fait un clin d'œil à ''Tempérance'' puis rassemble toutes les cartes et les range dans leur boîte.

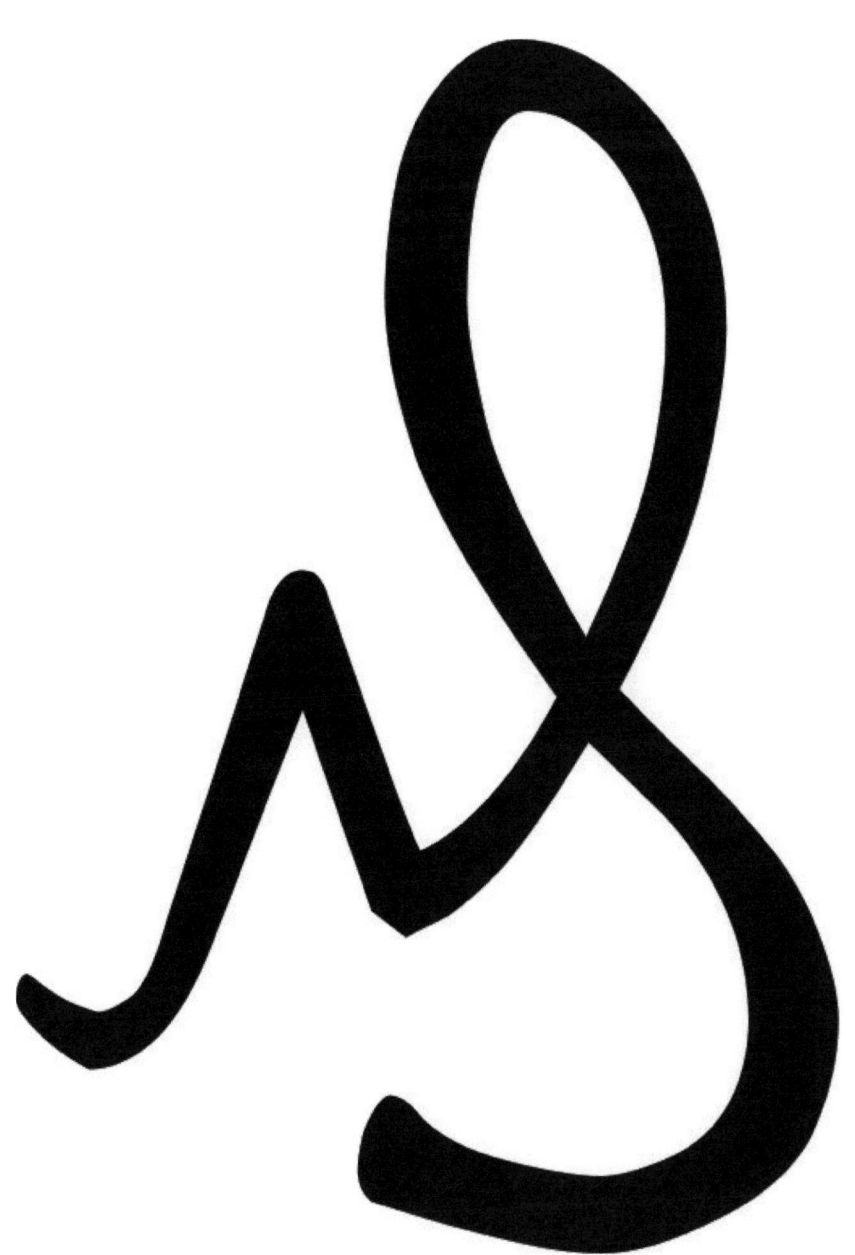

21

# *Estelle*

C'est son père qui avait choisi son prénom : Estelle.
Il avait décidé qu'il n'aurait qu'un enfant, une fille, qu'elle serait la plus belle, la plus intelligente et qu'elle réussirait tout. Il avait pris un travail à mi-temps pour pouvoir lui consacrer toutes ses après-midis.
Il lui répétait sans cesse : "Tu es mon étoile !"

Rien n'était trop beau pour elle, il surveillait tous ses jeux et il refusait ceux qu'il estimait n'être pas assez intelligent pour elle. Il lui avait très tôt appris à lire, à écrire, à jouer aux échecs et quand était arrivé le moment d'entrer en première année, il avait soigneusement choisi son école et suivait attentivement son apprentissage.

Adolescente, c'est lui qui décidait de ses loisirs, il triait soigneusement ses amies, quant aux petits copains, ils avaient rapidement compris que ce n'était pas à elle qu'il fallait plaire, mais au papa et devant un tel critère, ils ne se pressaient pas au portillon.
Il surveillait aussi attentivement son alimentation, son apparence physique, sa manière de s'habiller, de se maquiller et quand il la regardait, il ne pouvait s'empêcher de faire tout haut la même réflexion :
- Tu étais une jolie petite fille, mais en grandissant, tu deviens de plus en plus belle !

Sa maman avait essayé de réagir, mais sous la menace d'un divorce, elle avait abandonné les discussions.

Estelle avait vu ses amies se mettre en ménage et son père lui disait :
- Laisse tomber, elles ne t'arrivent pas à la cheville, tu vaux beaucoup plus qu'elles.

Enfin, pendant ses études à l'université, un garçon eut grâce aux yeux de son père et elle se maria, mais habituée à être le centre du monde, elle supporta mal les contraintes de la vie conjugale et divorça après quelques mois. Elle retourna vivre chez ses parents ou plutôt chez son père.

Elle s'habitua difficilement au monde du travail, toisant ceux qu'elle considérait comme peu intelligents (et ils étaient nombreux, critiquant le travail des autres, le prenant de haut avec son supérieur). Elle trouvait injuste de ne pas recevoir de promotion malgré ses diplômes et quand elle s'en plaignait auprès de son père, il lui répondait :
- Comme tu es plus intelligente qu'eux, ils ont cette attitude parce qu'ils sont jaloux de toi.

Quand sa mère mourut, cela ne l'affecta pas énormément par contre, quand son père mourut, son désespoir fut immense, elle avait perdu ses repères.

Pour pouvoir prendre ses distances, elle décida de s'octroyer un congé sabbatique.

Sans famille, sans amis, n'ayant aucun problème d'argent, elle décida de faire cette croisière qui la tentait depuis longtemps.

Dès le premier jour, toujours persuadée d'être supérieure, elle abreuva tout le monde de ses connaissances et se mêlant de tout, donna des conseils dans tous les domaines.

Peu à peu, les autres voyageurs invoquèrent des tas d'excuses pour prendre leurs distances.
Elle se retrouva souvent seule, tenant les autres comme incapables d'établir des relations amicales.

En prenant de l'âge, elle se mit à souffrir de différents bobos, dut faire face à la menace d'une maladie sérieuse et sur les conseils de son médecin, mais persuadée de l'inutilité de cette démarche, car "elle n'était pas folle !" Elle accepta tout de même de commencer un traitement chez un psy.

Le travail fut long et difficile, peu à peu, elle commença à se poser des questions, à comprendre son comportement, mais si comprendre est une chose, changer en est une autre et Estelle ne s'en sentit pas le courage.
Elle se referma de plus en plus sur elle-même, ses sautes d'humeur éloignèrent ses derniers amis et elle ne finit par ne garder que son psy qui devenait son gourou.
Sa mort passa inaperçue.

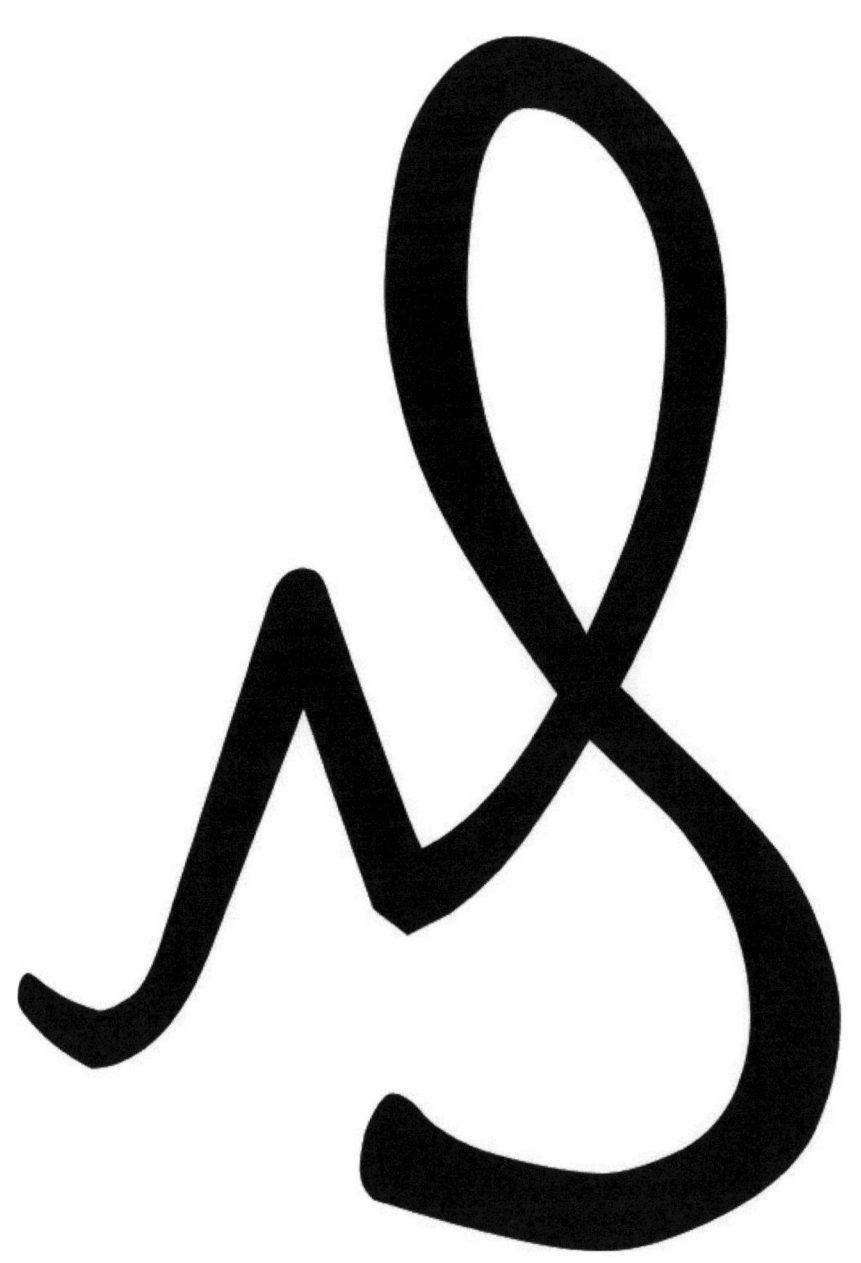

# *Flavie*

Les cafés du village ont disparu un à un.

Alors, les habitants ont pris l'habitude de se retrouver chez Flavie qui les accueille le mardi après-midi dans sa cuisine et quand le temps est doux dans la petite cour qui jouxte la maison.

Là, sur une table recouverte d'une toile cirée, elle sert café, bière, chacun apportant tartes, biscuits, vin de rhubarbe ou sirop de framboise et en été, elle ouvre le parasol que lui a apporté un voisin.

La conversation va bon train, en français ou en patois, on égrène les souvenirs, les comptes rendus des occupations de chacun, les ragots, les projets et les nouvelles des enfants qui ont quitté le village.

Flavie, souvent silencieuse, n'aime pas qu'on lui pose des questions et si elle est encore très alerte pour son âge et se débrouille toute seule, chacun sait que de 9h à 11h du matin, elle ne veut voir personne, car sa porte n'est ouverte qu'à quelques privilégiés.

Un jour, j'ai eu ce privilège.

Après une tasse de chocolat, elle m'a fait franchir la petite barrière qui mène sur l'autre côté de sa maison, là où elle soigne son jardin.

Je pensais voir un jardin ordinaire où j'aurais reconnu les légumes usuels. Il y en avait bien sûr, mais parmi eux des taches de couleurs trahissaient la présence de fleurs que je ne connaissais pas.

Flavie, si sobre de paroles, devenait bavarde.

Pour chacune des plantes, elle me disait son nom scientifique, son nom courant, son nom populaire, son usage et la légende qui étaient attachés à certaines d'entre elles.

Au gré des pas que je faisais dans les allées, de multiples senteurs inconnues m'enveloppaient et je me disais que si le paradis existait, il devait ressembler à cela.

Tout au bout, après le terrain de simples, il y avait un coin d'orties.
Je me suis arrêtée interloquée par la présence dans un jardin aussi bien soigné de ces plantes que la plupart des jardiniers éradiquent avec acharnement et j'ai vu un sourire se dessiner sur le visage de Flavie.

Avec une lueur coquine dans le regard, elle m'expliqua, le délice de la soupe ou du fromage aux orties et les avantages du purin qu'elle en faisait.

À plusieurs reprises, Flavie m'a invitée dans son jardin et chaque fois, j'y ai trouvé un plaisir renouvelé.

Quelque temps plus tard, autour de la table, dans la cour, là où Flavie fait porte ouverte, quelqu'un demanda :
-Tiens, mais derrière cette barrière, qu'est-ce qu'il y a ?
Flavie me lança un regard complice et répondit d'un air désinvolte ;
Oh ! Pas grand-chose, seulement un petit potager.

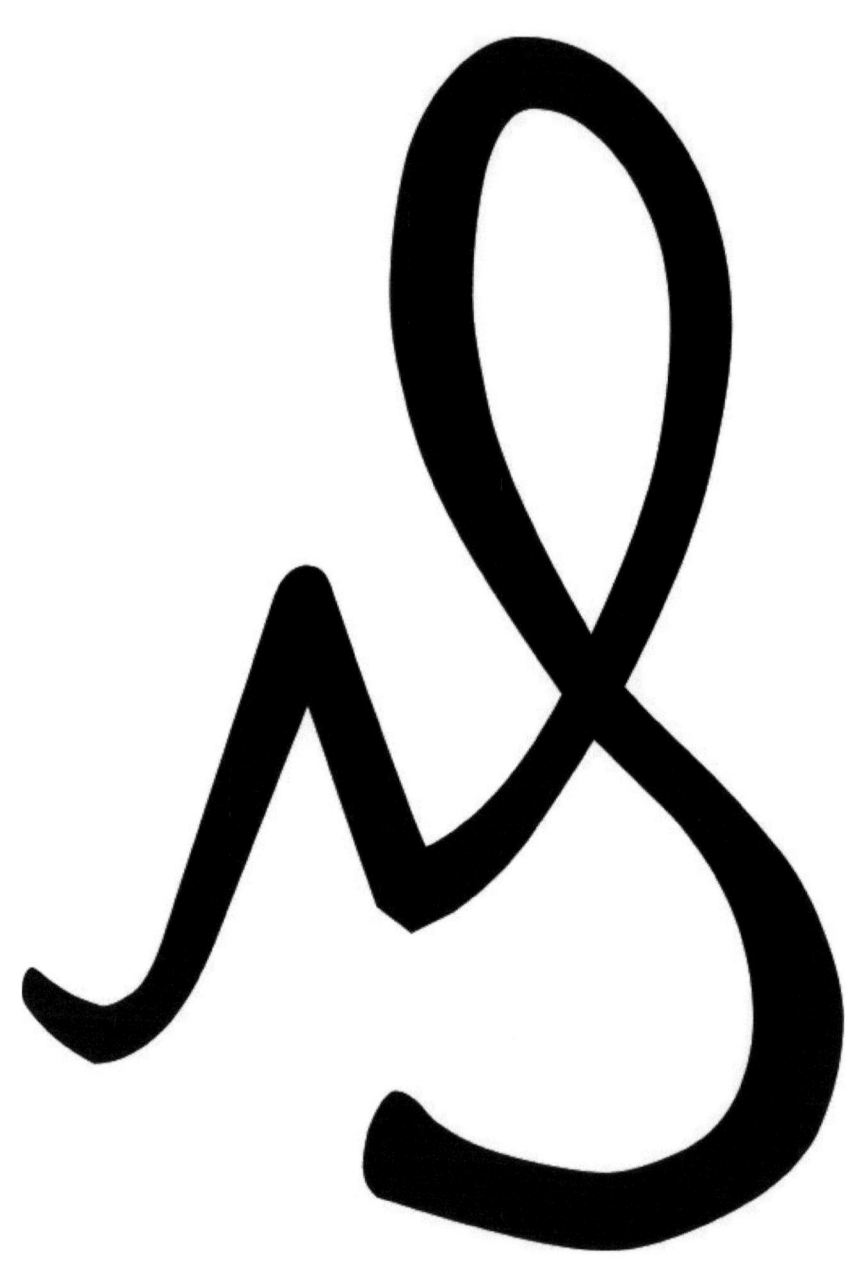

# *Gisèle*

C'est un lieu que Gisèle a essayé d'effacer de sa mémoire, elle n'en a jamais parlé à personne, mais malgré le temps qui passe, il lui blesse encore le cœur.

Elle sait qu'elle ne retournera jamais à cet endroit qui a pourtant la réputation d'être un lieu paradisiaque où on ne peut que vivre des moments heureux, mais qui pour elle a le goût amer du mensonge, de la traîtrise et dont elle aurait même oublié le nom.

Parfois pourtant, le pénible souvenir remonte et chaque fois elle ressent à la fois désillusion et chagrin face à ce qu'elle y a subi et que l'on pourrait taxer de cruauté et de sadisme.

Si Gisèle a longtemps gardé un sentiment de révolte envers elle-même pour la passivité dont elle a fait preuve, avec le temps, le souvenir s'estompe et elle sait qu'un jour, elle pourra définitivement tourner la page et tout oublier.

Gisèle s'est mariée, a eu des enfants, a mené de front sa vie de famille et son travail et même si tout n'a pas été facile tous les jours, quand elle regarde son passé elle se dit satisfaite de ce qu'elle avait construit.

Oui, maintenant, tout va pour le mieux

Mais parfois, la vie réserve des surprises.

Il y a deux mois, au cours du repas dominical, sa fille et son compagnon l'ont informée que, après plusieurs années de vie commune, ils avaient décidé de se marier et dans la foulée lui ont annoncé où ils comptaient passer leur voyage de noces.

Gisèle a reçu un coup de couteau dans le cœur.
Tout est remonté brusquement à sa mémoire et elle a marqué un geste de recul.

Heureusement, tout à la description de leurs projets, à ce voyage soigneusement préparé qui devait leur laisser un souvenir lumineux, inoubliable, les jeunes n'ont pas remarqué son désarroi.

Gisèle s'est échappée sous prétexte d'aller chercher le café dans la cuisine, elle a fait appel à toute la maîtrise dont elle est capable, pour cacher ses larmes, car elle avait cru avoir dépassé sa souffrance et effacé de sa mémoire ce souvenir douloureux.

Elle sait qu'elle serait incapable de raconter ce moment de sa jeunesse, de leur expliquer ce qu'elle a vécu dans cet endroit qui a le renom d'être un lieu paradisiaque, mais surtout elle refuse d'entacher leur enthousiasme.

Gisèle est consciente que chacun vit sa vie et qu'elle n'a pas le droit d'influencer celle de sa fille.
- Pendant votre absence, si vous voulez vous pouvez m'apporter votre chat, je m'en occuperai a dit Gisèle en entrant dans le salon avec le café.
Aujourd'hui, elle reçoit leur première carte postale.
Elle va s'asseoir, prend une grande inspiration, et bien calée dans son fauteuil, se sent enfin la force de regarder cette carte qui lui brûle les doigts.
Après l'avoir lue, elle hésite à la retourner de peur de revoir cet endroit qui a été si destructeur pour elle.

Elle est étonnée de ne ressentir qu'une émotion d'esthétique en voyant les pins parasols qui flirtent avec le ciel, les bateaux, la mer, le soleil et cette clarté lumineuse.

Gisèle sourit, la page est enfin tournée, elle peut admirer le paysage sans peur, sans rancœur, les souvenirs ne lui laissent plus de goût amer.

Gisèle est vraiment guérie.

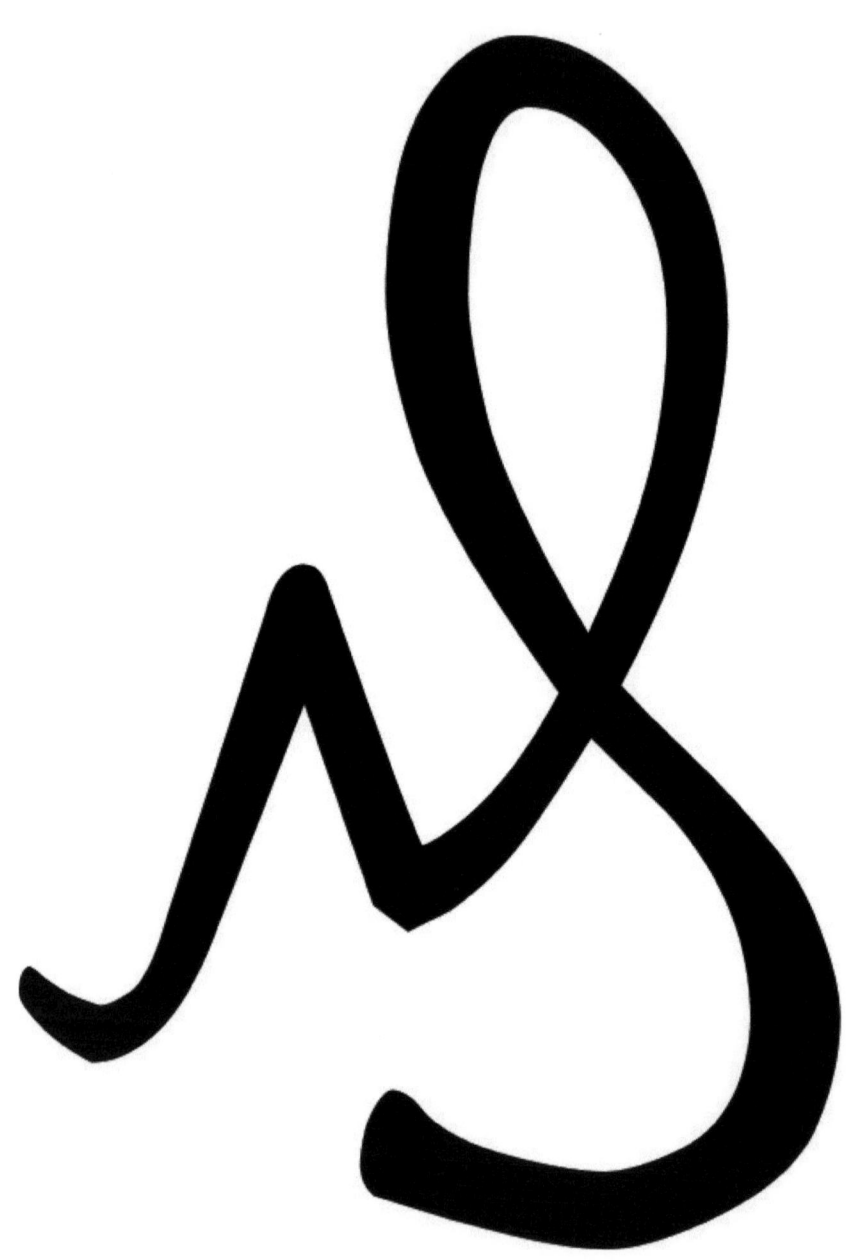

# *Henriette*

À l'agence immobilière, la gérante n'a pu lui consacrer que quelques minutes.

-Vous connaissez l'adresse. Êtes-vous d'accord pour aller faire la visite seule, je vous donnerai les clefs. Comme la maison n'est pas occupée, prenez votre temps, vous ne dérangerez personne et vous me rapporterez les clefs plus tard. Ça ne vous ennuie pas trop ?

Henriette est même plutôt contente, elle se sent plus libre.

Elle sait qu'elle n'est jamais venue ici, et pourtant tout lui est familier : la porte d'entrée qui racle le pavement, et y a gravé des arcs de cercle, les murs de l'entrée garnis jusqu'à hauteur d'épaule de carrelages flammés jaune et brun, la porte vitrée, à gauche, qui s'ouvre sur "la belle pièce" l'escalier à droite avec une rampe en bois où il manque des barreaux, dont la troisième marche couine (elle s'amuse d'ailleurs à s'appesantir sur elle pour l'entendre ) et dont le mur opposé garde, malgré les couches de peinture, la marque de déménagements difficiles. À l'étage, une seule porte conduit aux deux chambres en enfilade.

La première au plancher délavé donne sur la rue et est éclairée par deux fenêtres trop disproportionnées ; la seconde, mansardée, ne reçoit la lumière que par une minuscule lucarne et garde encore son aspect de grenier.

Henriette redescend pour continuer la visite.

La porte sous l'escalier mène à une cave au plafond si bas qu'il oblige à marcher plié en deux, mais là, elle ne s'aventure pas, car Henriette a la phobie des araignées.

La porte du fond mène à la cuisine suivie d'un appentis et du jardin tout en longueur.

Henriette décide d'entrer dans le salon, elle s'arrête face à une énorme cheminée en marbre noir et blanc qui devait certainement faire l'orgueil du propriétaire.

Elle s'arrête à la porte de la cuisine, la pièce lui semble très grande, nue, sombre et délabrée, pourtant, avant, c'était, paraît-il, l'âme de la maison.

Henriette ferme les yeux et imagine dans le coin à droite le grand poêle de Louvain, dont elle croit sentir la chaleur alors qu'elle entend le 'coquemar' qui gazouille sur la buse.

Au milieu, elle voit la table recouverte d'une toile cirée à fleurs, le long des murs, les chaises qui accueillent ceux qui en passant par le jardin et la courette surgissent à n'importe quel moment de la journée boire une 'jatte' de café et raconter en patois les derniers potins du village.

Elle croit aussi entendre un joyeux brouhaha quand l'hiver groupe les hommes autour de la table où on 'tape la carte'.

Cette maison, c'est la première fois qu'Henriette y pénètre et pourtant ... c'est comme si, celle-ci la reconnaissait et lui disait :
- Te voilà enfin !

Les bruits, les odeurs, même ceux qui y vivaient, Henriette a l'impression de tout connaître comme si elle se retrouvait enfin chez elle.

Elle se surprend à dire à haute voix :
- Merci, grand-mère, de m'avoir si bien raconté la maison où tu es née.

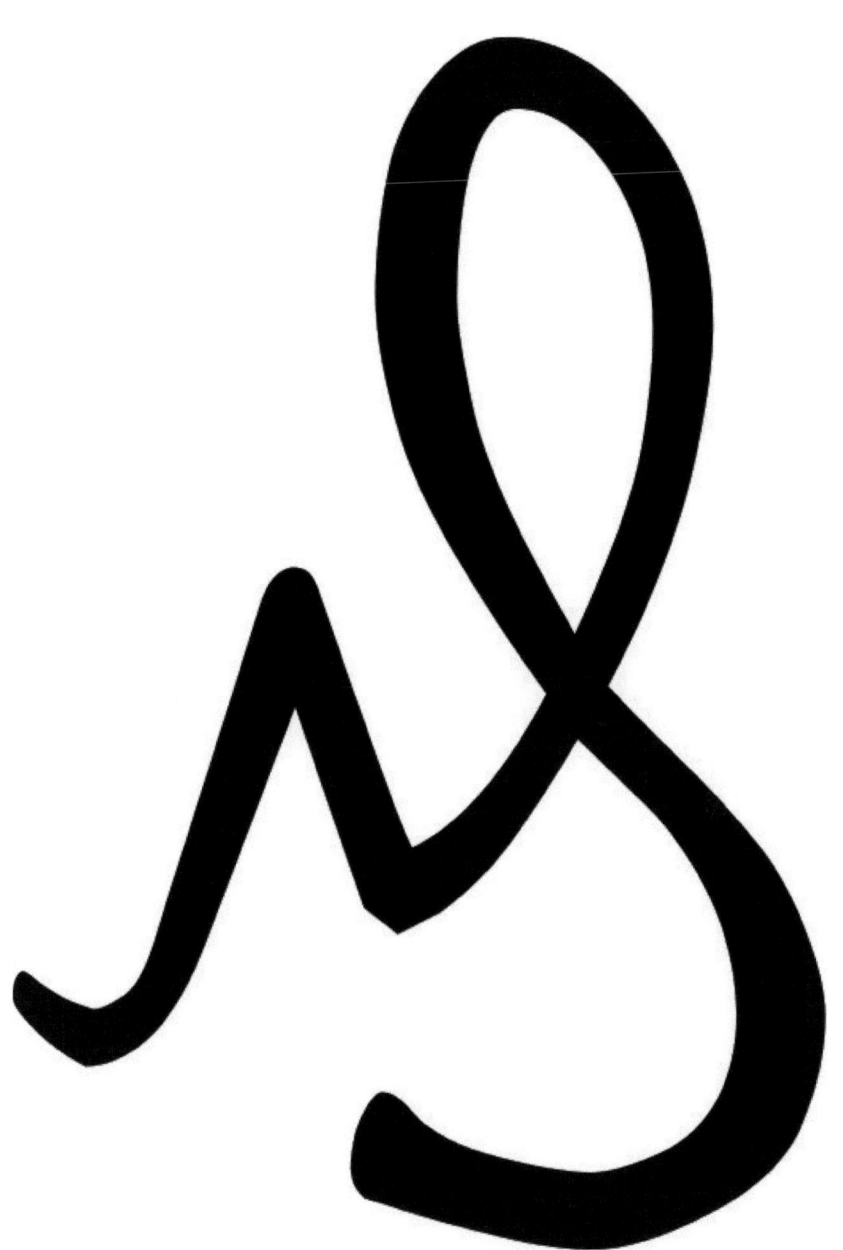

# *Inès*

Inès et Marc se connaissent depuis l'enfance.
Dès leurs études terminées, ils se sont mariés et pour leurs amis, ils personnifient l'exemple du couple parfait.

Lors des dernières réunions entre amis, Marc est toujours exubérant. Il reste le même, farceur, amusant la galerie, Inès est plus calme, comme éteinte, elle rit moins et parfois il me semble remarquer un voile de tristesse dans ses yeux, mais nous ne posons pas de questions, nous mettons cela sur le compte de la monotonie de la vie conjugale, sur l'usure du temps et nous refusons de voir que leur complicité est peu à peu moins évidente.

Lorsque nous sortons entre filles, Inès et moi, je la retrouve comme avant expansive et gaie.

Un jour, devant une tasse de café, j'ai osé aborder avec elle mon inquiétude sur son changement d'attitude et à mon grand étonnement, elle ne me contredit pas.
Elle se contenta de me regarder en disant :
- ça se remarque tant que ça ?
- Je ne sais pas pour les autres, mais comme moi je te connais bien et depuis longtemps . . .

Inès me regarda, puis elle baissa les yeux et son regard se fit plus triste :
- Tu veux que je te raconte ?
- C'est à toi de savoir si tu en as envie.
- J'aimerais que ce que je vais te dire reste entre nous, car à part toi, je ne sais pas qui pourrait comprendre.
Il y a quelque temps, nous nous sommes disputé Marc et moi, pour une bêtise comme toujours, mais la dispute s'est envenimée, nous nous sommes retrouvés face à face, en silence.
Chacun de nous espérait que l'autre reprenne le dialogue, mais son orgueil et le mien a été le plus fort, faire le premier pas, c'était capituler

Au bout de trois jours, cela m'est devenu insupportable, je lui ai écrit.
J'ai déposé ma lettre, pliée en quatre, sur son bureau avec comme presse-papiers, un myosotis que j'avais cueilli au jardin, tu sais cette fleur qu'on appelle aussi des : "Ne m'oubliez pas"
Et puis j'ai attendu.

J'avais dans ma candeur, cru qu'en lisant mon mot, il allait venir, ému par ma démarche, qu'il allait me sourire, qu'il allait me prendre dans ses bras et mettre ma tête sur son épaule comme il aime à le faire.
   Rien n'est venu et j'ai entendu claquer la porte.

Je suis allée vers le bureau, un dernier espoir au cœur. Il était sorti, mais peut-être avait-il déposé une réponse sur le sous-main.
À son retour nous pourrions nous retrouver et faire la paix.

Le buvard était vide.
La fleur gisait dans la corbeille, écrasée, sur quelques débris de papier.
Il avait déchiré ma lettre et jeté les morceaux.
L'avait-il seulement lue ?

J'ai reconstitué le message sur le bureau.

Mon amour était là, rejeté, chiffonné, blessé, saignant de toutes ses déchirures.

Je me sentais minable, misérable, dépouillée, incertaine, un grand vide en dedans.

En déchirant ma lettre, il m'avait déchirée et ce fut la première faille.

Depuis la vie a lentement repris son cours, on pourrait croire que rien n'a changé, mais ce n'est qu'une apparence, car moi, je ne le vois plus avec les mêmes yeux.

Que pouvais-je répondre à mon amie ?

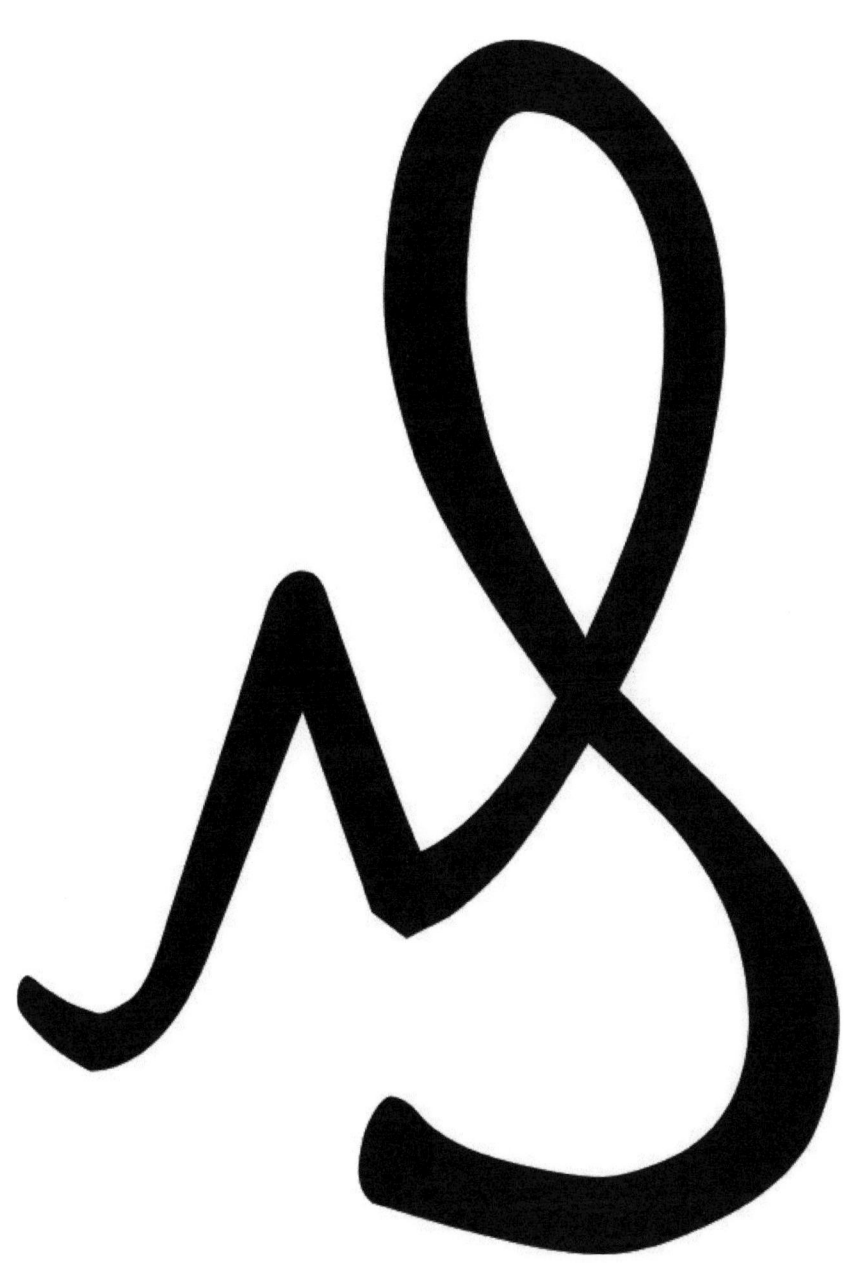

# *Jeanne*

Jeanne prend le bloc de terre, le lance à toute force sur la table, le reprend, pour le relancer encore et encore. La terre qui s'écrase sur l'établi avec un bruit sec fait jaillir à chaque fois quelques gouttes d'eau. De toutes ses forces, Jeanne s'appuie sur le bloc qui mollit, et les morceaux qui s'effritent s'incrustent sous ses ongles. Comme si elle faisait du pain, la jeune femme pince la glaise, entre le pouce et l'index, la malaxe, la triture, la roule, l'enroule.

Lentement, la terre prend forme.

Jeanne saisit la boule des deux mains, y appuie les pouces, y creuse deux trous oblongs, y crée des pleins, des creux, y amorce un sourire.

Les yeux fermés, du bout des doigts elle caresse la glaise, lisse la surface humide et sent les grains qui vibrent.

Quand, lasses, les mains abandonnent, Jeanne les pose sur son ventre rebondi et ouvre les yeux.

Devant elle, dans la glaise, elle a créé un visage, le visage de son enfant à venir.

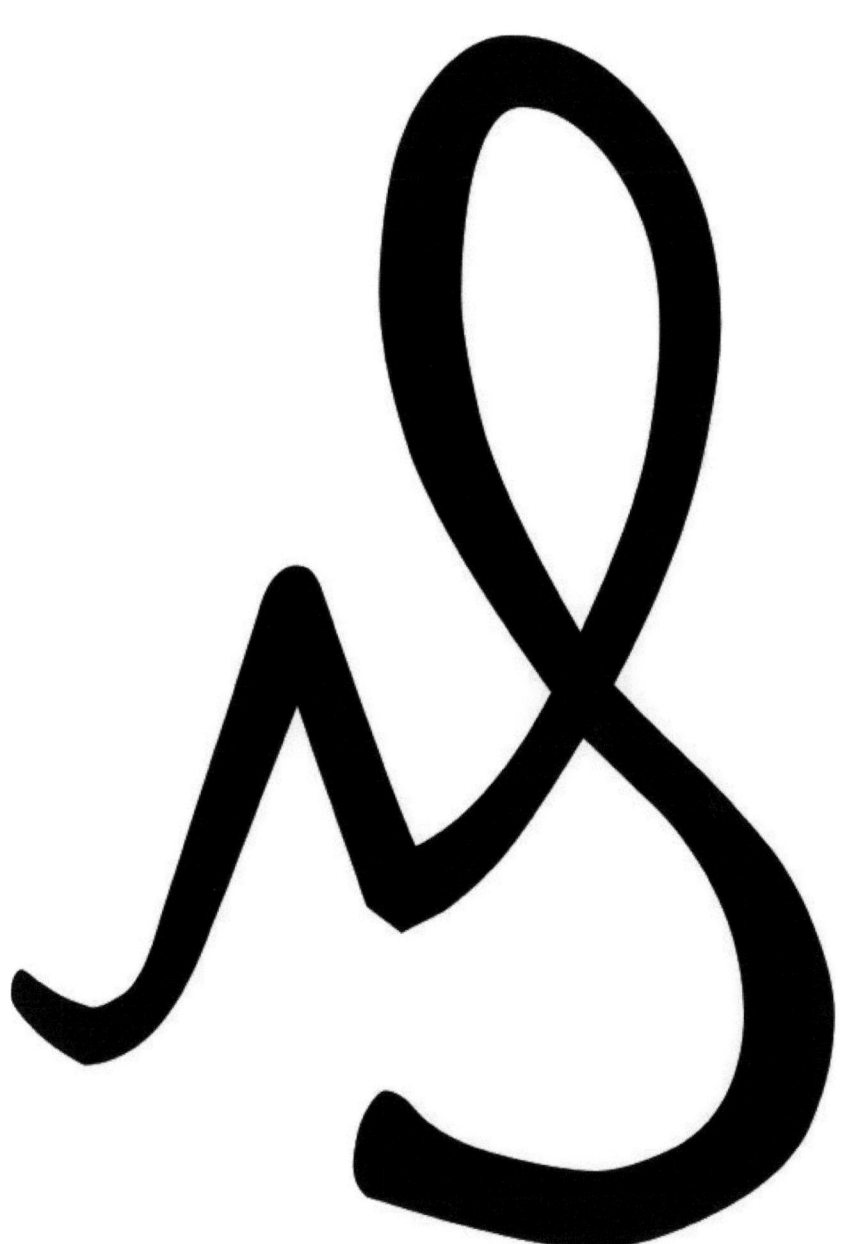

41

# *Kathleen*

Depuis longtemps, Kathleen aime se promener tôt le matin, dans la forêt voisine de sa maison de campagne. Elle écoute le silence, y jouit du calme et de la sérénité que dégagent les grands arbres.

En marchant le nez au vent elle hume la chaude senteur de l'humus humide, le parfum subtil de l'herbe mouillée. Elle admire tous ces verts, du vert ocre au vert acide, du vert émeraude à ce vert presque fluorescent.
Elle est à l'affût des moindres bruits : les friselis du vent, le clapotis du ruisseau, le froissement d'une aile, le « frouit » d'un lapin qui détale.

Un jour, au détour d'un sentier, elle rencontre un faune. Oh ! Pas un de ces faunes qui viennent de la mythologie grecque, mais un tout petit faune, tout timide, les yeux bleus, l'air égaré comme tout étonné d'être là.
Des deux, je crois bien que c'est lui qui a eu le plus peur.
Ils restent immobiles, à se jauger, prêts à s'enfuir chacun de son côté.

Moment interminable.
Même les oiseaux se sont tus.
Kathleen prend son courage à deux mains

- Bonjour
- 'jour

- Il fait beau aujourd'hui
- Un rayon de soleil, cela fait du bien
- Mm
- Je trouve que tout a une odeur particulière ce matin.

Le dialogue s'établit mal.

Kathleen sent monter en elle une certaine tendresse devant sa fragilité et amorce un pas vers lui.
Le petit faune ne bouge pas.
Elle en fait un second.
Il reste là à la regarder.
Elle lui tend la main.
Il hésite un moment et comme à regret lui tend la sienne.
C'est une petite main potelée comme celle d'un bébé.
Elle s'approche encore.
Elle a envie de le prendre dans ses bras et de le bercer comme on le ferait pour un enfant chagrin.

Sans qu'elle ne s'en rende compte, il a posé sa tête sur sa poitrine, elle ne résiste pas à l'envie de promener ses doigts dans la chevelure bouclée et se surprend à murmurer des paroles incohérentes de réconfort.

Le parfum des jacinthes lui monte à la tête.

Kathleen perd la notion du temps, de l'espace, elle se sent bien et goûte ce moment de vraie volupté, quand le bruissement des feuilles la ramène à la réalité.
Elle continue à caresser les cheveux soyeux et enroule les boucles autour de ses doigts, mais il lui semble qu'ils soient plus rudes, plus crépus.

Elle veut caresser le visage, elle cligne les yeux et les ouvre tout grands avec un cri d'horreur... le joli petit faune est devenu poilu, cornu, tordu, ventru, fourchu...

Kathleen prend ses jambes à son cou et ne reprend ses esprits que quand elle franchit le seuil de sa maison.

Dorénavant, elle ne se promènera plus seule, dans les bois, les matins qui suivent la nuit de la pleine lune.

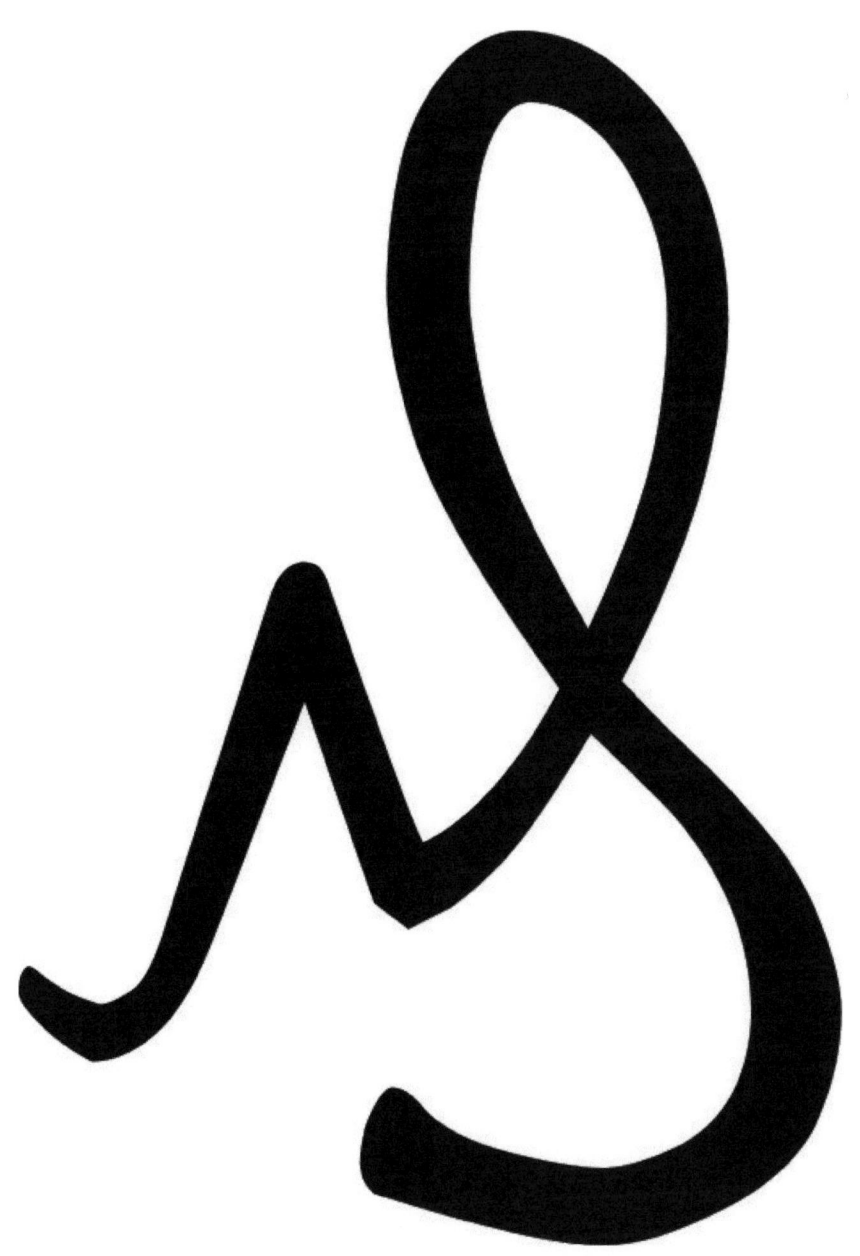

# *Laura*

La salle des profs est silencieuse, nous sommes plusieurs à nous pencher sur notre travail avec une attention studieuse.

Soudain, elle entre, ouvrant la porte avec violence, traverse la pièce, se dirige vers une table dans le fond, dépose avec fracas sa serviette et la pile de copies qu'elle porte dans les bras et lance :
- Le respect fout le camp, je vous le dis, bientôt, on nous marchera sur la tête ! C'est incroyable, c'est inadmissible.

Elle redresse la tête, agressive, et parle encore plus fort, en nous prenant tous à témoin :
- Vous vous rendez compte !
Pendant tout son interrogatoire, il ne m'a pas regardée une seule fois en face. Il avait un regard en dessous, faux, hypocrite, et un sourire qui me narguait, j'avais envie de lui taper dessus, mais il ne perd rien pour attendre, je vais lui faire payer cher son impertinence. Non, mais ! Pour qui se prend-il, ce petit morveux ?
Quand on répond à quelqu'un, le minimum, c'est de le regarder, non ?
Je vais vous le moffler vite fait, bien fait !
Ça lui apprendra la politesse !

Geneviève, assise en face de moi, lève la tête :
- Tu parles de qui ?

- De Ngabiramé bien sûr. Lui et tous les autres sont tous des faux jetons. On croit leur apprendre quelque chose, mais ils sont réfractaires à tout.
- T'es-tu demandé pourquoi il a cette attitude ?

Laura stupéfaite s'interrompt et regarde Geneviève comme si elle se trouvait face à une extraterrestre.
- Non, pourquoi est-ce que je devrais le faire ?

Geneviève continue :
- Je connais bien Ngabiramé et la région d'Afrique d'où il vient, j'y ai vécu pendant plusieurs années et je te signale que son attitude marquait justement l'extrême respect qu'il a envers toi.
Chez lui, on ne regarde que son égal dans les yeux, on ne lève jamais les yeux sur quelqu'un pour qui on a de la considération.
Malgré qu'il soit bien adapté chez nous, le stress des examens a probablement fait remonter en lui les interdits de sa tribu.

Laura, interloquée, reste un moment silencieuse, mais elle n'a pas l'habitude de reconnaître ses torts !
- Oh ! Toi ! Et tous les autres, les coloniaux, vous croyez toujours tout savoir, vous êtes très forts pour donner des leçons, mais j'aurais bien voulu savoir comment tu te comportais quand tu étais là-bas !

Geneviève semble ne pas entendre cette remarque acerbe :
- J'ai surtout essayé de les comprendre, tu devrais faire pareil avant de juger.
- Je suis ici pour enseigner et pas pour comprendre et si tu ne te plais pas ici, tu n'as qu'à retourner là-bas puisque tu trouves que c'est mieux !

Geneviève hausse les épaules :
- Comment peut-on être aussi stupide en étant aussi intelligente et cultivée !

Laura fait une grimace de supériorité, jette un regard autour d'elle et devant tous les yeux tournés vers elle, hausse les épaules, s'assied en tournant le dos à tout le monde et se plonge dans ses corrections.

Connaissant son caractère colérique, personne n'a voulu intervenir de crainte d'envenimer la discussion et personne n'a eu le courage de calmer le jeu, mais l'atmosphère si studieuse une demi-heure auparavant est devenue étouffante.

Une à une, nous avons replié nos papiers et quitté la pièce.

Quelques jours plus tard, au conseil de classe, Geneviève bien décidée à défendre Ngabiramé, remarque que sa cote en français est des plus satisfaisante, alors, elle préfère ne pas parler de l'algarade.

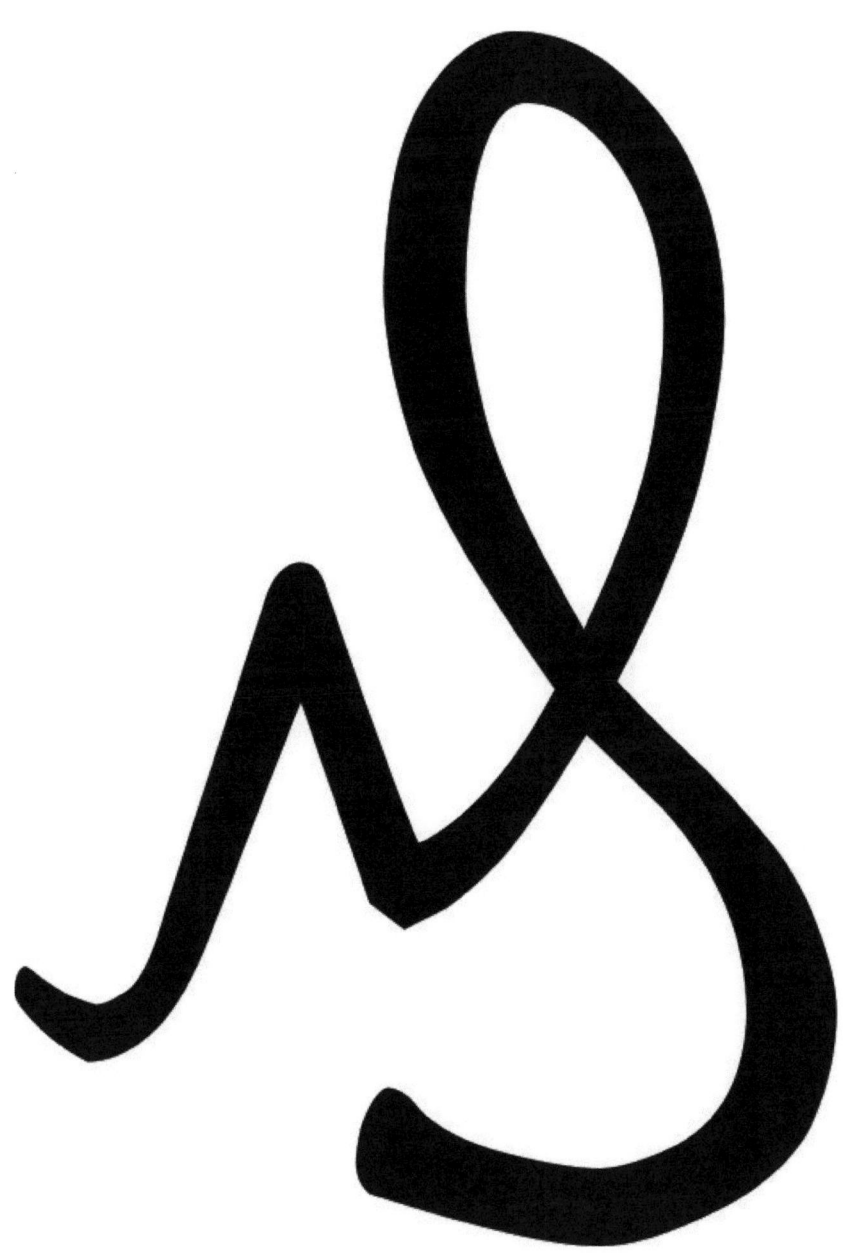

# *Magali*

Tous les ans, je passe quelques mois dans un mas en Provence.
Pendant les vacances, on me confie mes petits-enfants et ma vieille voisine, une arlésienne octogénaire m'apporte alors les légumes de son jardin :
- Tous, frais cueillis, pour les pitchounes !

Nous partageons une tasse de thé de lavande et . . . elle bavarde . . . bavarde . . .
Elle sait que j'aime les histoires de son enfance et je crois qu'elle trouve plaisir à réveiller pour moi tous ses vieux souvenirs.

Un jour, que je distribuais à la becquée des quartiers d'orange dont le parfum embaumait la cuisine, j'ai saisi dans son regard une brume de nostalgie.
Je lui ai tendu un quartier, elle a refusé :
- Pas comme ça, a-t-elle dit.

Devant notre tasse de thé habituelle, elle m'a raconté sa ''première orange''.
- J'habitais Toulon et les jours de congé, je jouais sur la jetée, près du port. Les marins qui débarquaient apportaient dans leurs bagages des friandises exotiques,ils nous en donnaient parfois et nos mines effarouchées devant ces parfums inconnus les faisaient rire à gros éclats.

Un jour, j'ai reçu un fruit que je ne connaissais pas. C'était comme une boule de soleil, une orange.

Je ne savais pas comment cela se mangeait, mais je ne voulais pas non plus montrer mon ignorance au marin qui venait de me l'offrir et je suis rentrée à la maison, serrant dans la poche de mon tablier mon précieux butin.

Maman devait savoir comment cela se mangeait ! Une maman, ça sait tout !

J'ai déposé l'orange sur la table de la cuisine.
Maman a enlevé une calotte comme pour un œuf mollet. Dans le trou, elle a glissé un sucre, avec lenteur, pour ne pas le casser ni faire couler le jus du fruit.
- Voilà, maintenant tu suces le sucre, m'a-t-elle dit.

À petits coups, j'ai aspiré le jus et le sucre.
J'ai vite compris qu'il fallait aussi serrer de plus en plus fort cette boule dorée dans mes petites mains.
Mon inexpérience me faisait presser parfois trop fort, alors, le jus dégoulinait sur mes doigts qui se poissaient de plus en plus.
Je les léchais en cachette parce que je me doutais bien que cela ne se faisait pas, et puis je recommençais à téter ce biberon insolite.
C'était bon !

Quand j'ai eu des enfants, je leur ai aussi appris à manger une orange de cette façon.

Maintenant, ils sont adultes et toujours pressés.
Ils surveillent leur alimentation, ils suivent la diététique et pour avoir des vitamines, ils prennent des comprimés ou bien préfèrent boire du jus d'orange . . . en bouteille.
Alors que . . . déguster une orange comme je le faisais dans mon enfance est un vrai moment de plaisir.

Ma voisine est décédée l'année dernière.

J'ai moi aussi appris à mes petits-enfants comment déguster une orange et lorsque je partage ce plaisir avec eux, je me dis que Magali doit sourire si elle nous voit.

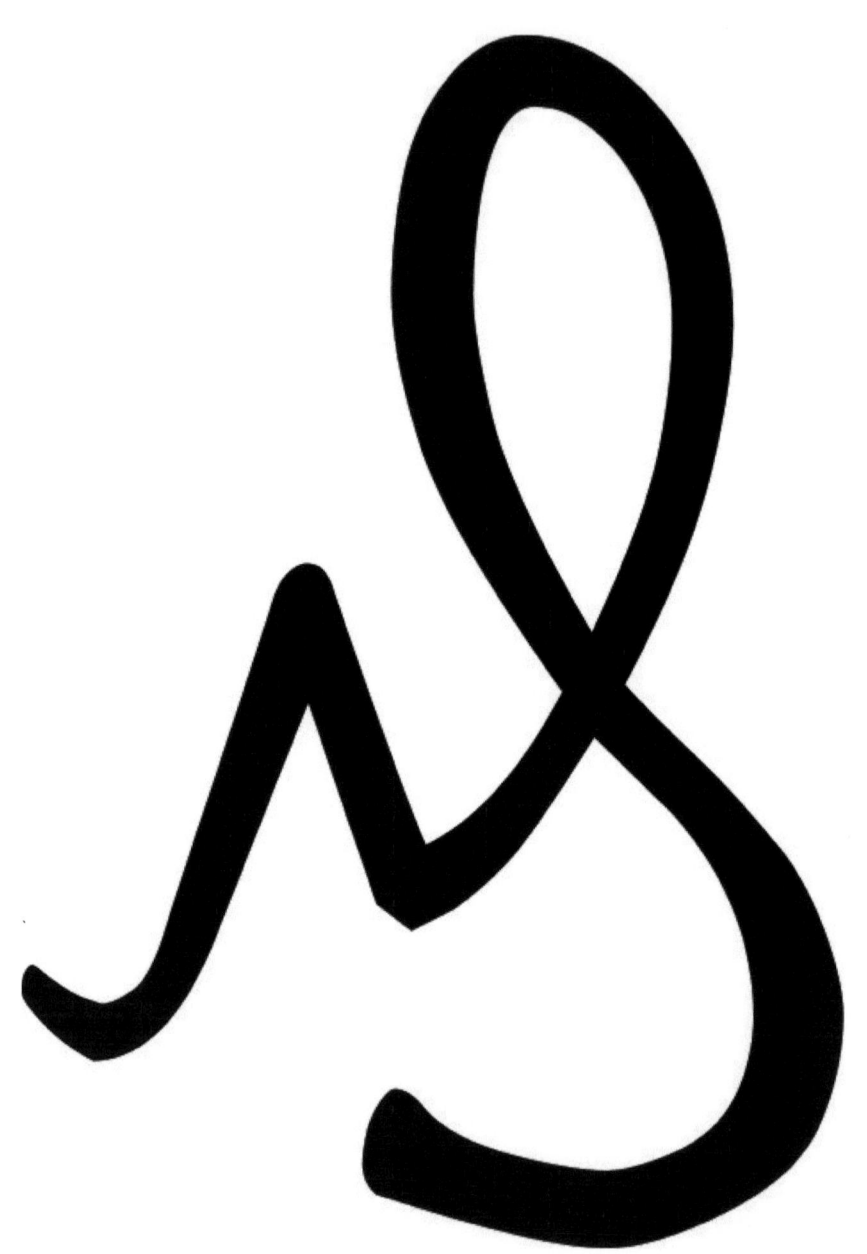

# *Nelly*

La salle d'attente est remplie.
Il ne reste que deux chaises, côte à côte.
Quand Nelly s'assied sur une d'elles, elle fait un grincement bizarre et si la moitié des patients semble n'avoir rien entendu, l'autre moitié lève la tête, qui d'un air offusqué, qui avec un air narquois.
Nelly aime arriver avec beaucoup d'avance à ses rendez-vous, mais, avoir cinq personnes avant elle, ça fait beaucoup !

Elle se lève, prend un magazine et quand elle se rassied, la chaise fait à nouveau ce petit bruit incongru, mais cette fois, personne ne lève la tête. Nelly en profite pour jeter un coup d'œil autour d'elle, mais il lui est difficile d'engager la conversation, car elle ne connaît personne.

Dans le magazine qu'elle a pris au hasard, ce ne sont que des articles à sensation, les démêlés amoureux des people et cela ne l'intéresse pas, mais comme il n'y a rien de mieux, elle s'y plonge.

La porte s'ouvre :
- Au suivant.

Un couple se lève, rassemble sacs, manteaux et suit l'infirmière avec le sérieux de circonstance.

Toutes les têtes se lèvent avec curiosité puis replongent aussitôt dans la lecture comme si c'était d'un grand intérêt d'un intérêt capital.

Il reste trois personnes avant Nelly.

Elle continue à feuilleter distraitement le magazine en ne regardant que les images et les photos.
Soudain, oui, celui-là, elle le connaît . . .

C'est le demi-frère du neveu de cousine Hortense . . . non . . . c'est le cousin du frère de . . . peu importe, c'est quelqu'un de sa famille.
L'article parle d'un concours de nouvelles qui a eu lieu à Aix-en-Provence et dont il a emporté le premier prix. Nelly aimerait arracher la page, mais cela ne se fait pas ! Elle voudrait bien montrer cet article à sa sœur qui prétend qu'ils sont tous des bons à rien dans la famille (en oubliant qu'elle fait partie de cette famille).
Elle se dit qu'elle demandera tout à l'heure à l'infirmière l'autorisation de l'emporter.

La porte s'ouvre.

La patiente suivante s'apprête à se lever, mais se rassied tout de suite.

L'infirmière entre, l'air embarrassé :
- Le médecin est désolé, il annule ses consultations et vous demande de prendre un nouveau rendez-vous ;
Devant le mur de réprobation, elle essaie un sourire :
- L'épouse du docteur a eu des contractions de plus en plus rapprochées et ils ont dû partir en urgence à la maternité.
Les visages se détendent, chacun se lève avec un sourire entendu ou attendri.

D'un geste désinvolte, comme par distraction, sans rien dire, sans hésitation, sans le moindre remords de son larcin,
Nelly glisse le magazine dans son sac et l'air candide va prendre un nouveau rendez-vous.

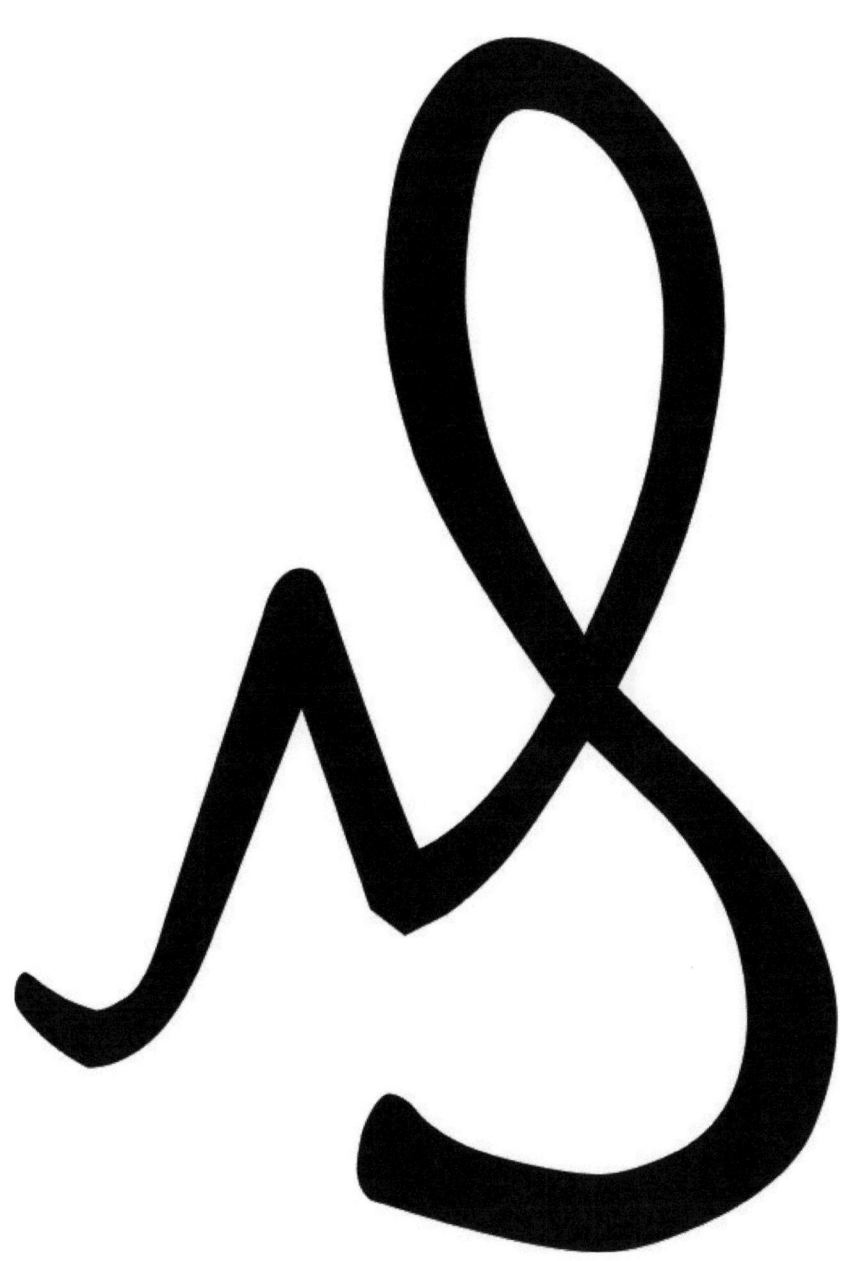

# *Odette*

Dans son fauteuil, à l'ombre du tilleul, Odette somnole.

Elle se souvient.
Toute petite, elle aimait ramasser les cailloux, elle les gardait dans une boîte en fer blanc et le soir, avant de s'endormir, elle en choisissait un, différent chaque soir et le glissait sous son oreiller.

Un jour, elle avait lu un article sur la découverte de Troie et elle avait décidé : '' Je serai archéologue ''.
Elle s'était alors plongée dans le livre d'histoire ancienne, dans la mythologie grecque, elle avait lu et relu l'Iliade et l'Odyssée.
Elle, jadis élève dissipée, était devenue attentive et studieuse et avait entrepris l'étude du latin et du grec avec passion.

Et puis, voilà, la vie en avait décidé autrement.
Elle avait dû arrêter ses études, s'était mariée, avait eu des enfants et . . . avait oublié son rêve.

Maintenant, elle essaie d'imaginer ce qui se serait passé si elle avait poursuivi son ambition, si elle avait tenu tête à tous, si elle s'était battue pour réaliser son rêve.
Maintenant, elle imagine la vie qu'elle aurait eue si . . .

La vieille dame a fermé les yeux.

Rêve-t-elle de ce site sur la côte de Turquie, juste en face de l'île de Rhodes où l'on vient de découvrir les murailles d'une autre Troie ?

Rêve-t-elle qu'elle est là, parmi les chercheurs, fouillant, classant, répertoriant tous ces trésors comme elle le faisait avec ses cailloux et comme l'avait certainement fait Schliemann en découvrant ce qu'il croyait être le trésor du vieux roi Priam ?

Rêve-t-elle de l'émotion qui l'étreint parce qu'elle touche pour la première fois ce bracelet qui ornait le poignet d'une princesse il y a des milliers d'années ?

Le magazine que lisait Odette a glissé dans l'herbe, ouvert à une page où s'étalent des photos de sites noyés de soleil, de murailles couleur ocre, de sculptures et de bijoux aux dessins antiques.

Dans son fauteuil, la vieille dame s'est endormie.

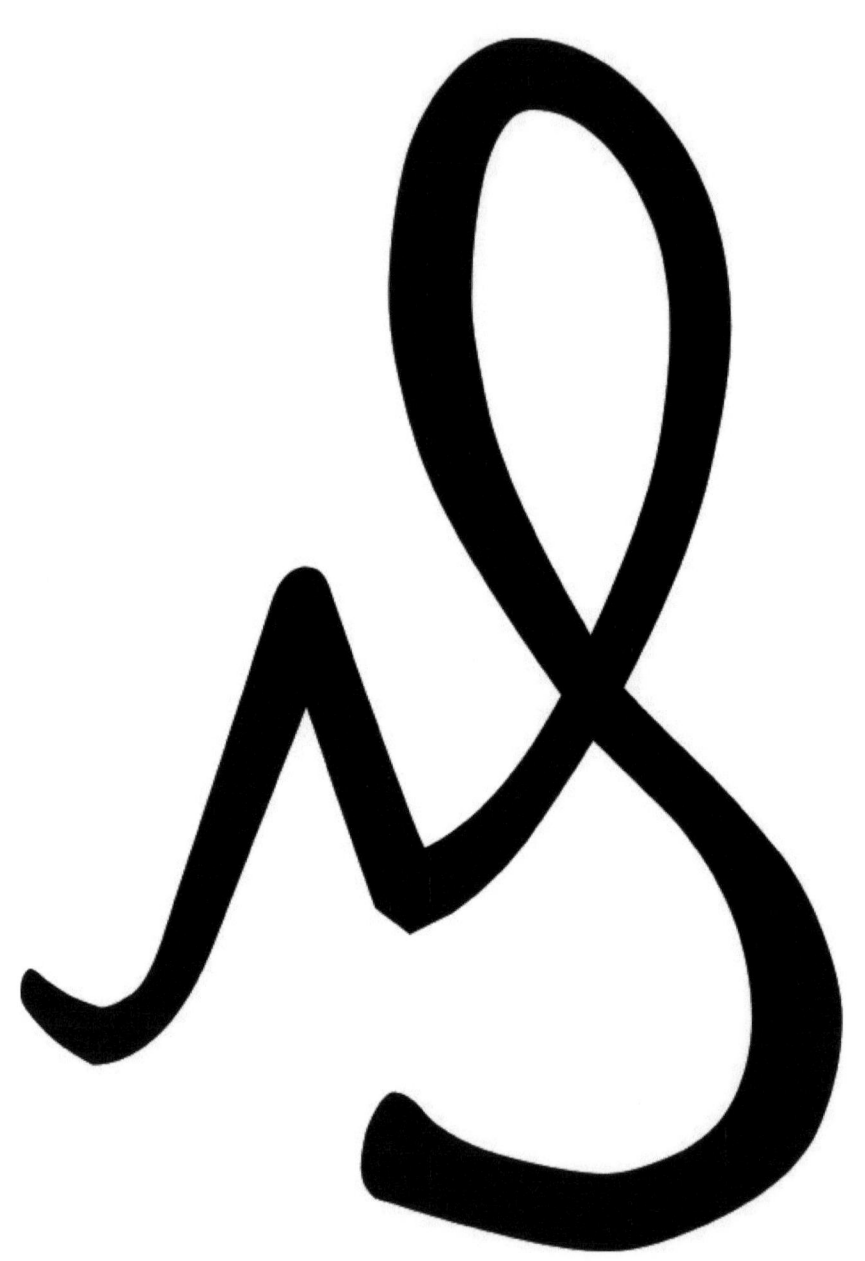

58

# *Pauline*

Après une journée écrasée de soleil et une longue route, elle arrête sa voiture au parking du domaine et regarde sa montre.

Arrivée la première, elle sait que les autres ne vont pas tarder, alors, elle jouit encore d'un moment de solitude et de ce silence attentif de l'attente.
- Ce sera comme d'habitude pense-t-elle

Ils arrivent seuls ou par groupes et ils sont bientôt tous là.

Il y a ceux qu'elle voit pour la première fois et à qui elle tend simplement la main et ceux qu'elle connaît et qu'elle accueille avec enthousiasme de baisers sonores, de grands éclats de rire.

Quand une main se pose sur son épaule, une décharge électrique la traverse, elle se retourne et se trouve face à lui, l'inconnu, qu'elle n'a pas vu arriver.
Elle lui tend la main, mais il s'approche, penche vers elle un visage aimable et l'embrasse comme il l'a vu faire par les autres.
Cela s'est fait si vite, qu'elle n'a pas eu le temps de réagir.
La chaleur de cette main à la fois douce et forte sur son épaule, ces yeux qui pétillent avec une curiosité intéressée, ce souffle qui se rapproche, le contact de cette peau inconnue, ces lèvres qui caressent, ce parfum discret de lavande la foudroie, elle n'a plus qu'une envie : s'abandonner et se blottir entre les deux bras accueillants.

Elle perd pied et les vieux clichés dont elle s'est toujours moquée deviennent réalité.
Maintenant, pour elle, les autres n'existent plus.

Le temps et l'espace sont abolis, elle n'est plus que sensations : elle a chaud, elle a froid, elle tremble, tous ses muscles sont secoués de vibrations incontrôlables. Elle est comme une corde de violoncelle qui gémit sous l'archet, les pensées qui se bousculent dans sa tête créent des mots qu'elle ne connaît pas.
Elle se sent vivante et cette découverte la rend muette et sérieuse.

Dans un dernier soubresaut de pudeur ou de crainte, elle puise au plus profond de ses forces, s'écarte et lance :
- Salut ! Je crois que c'est la première fois qu'on se voit !
  Tu t'appelles comment ?
Un nom est lancé dans un sourire. Elle n'entend que la musique de cette voix grave comme elle les aime, mais son cerveau est vide et le nom prononcé n'arrive pas jusqu'à lui.
La fuite est la seule issue possible.
- Je reviens tout de suite, lance-t-elle.

Elle traverse la pelouse comme une somnambule.
Toute frissonnante, elle s'assied au bord du ruisseau et fait appel à toute son énergie pour vaincre son émotion.
Elle, si fière de la sérénité qu'elle a conquise de haute lutte, voit en un instant tout cet édifice érigé si difficilement s'écrouler d'un seul coup et pourtant ... elle sourit.
Le remous qui l'a fait tressaillir, a réveillé en elle des sensations oubliées et laisse, là, au creux du plexus, une lumière, une chaleur, comme un petit soleil.

Quand elle rejoint les autres, elle a repris l'empire sur elle-même.
Ceux qui la connaissent observent bien sûr la petite crispation au coin des lèvres, mais l'attribuent au mal d'estomac qui la tenaille parfois.

Personne ne remarque qu'elle cache derrière ses lunettes fumées, une nouvelle petite étincelle de vie.

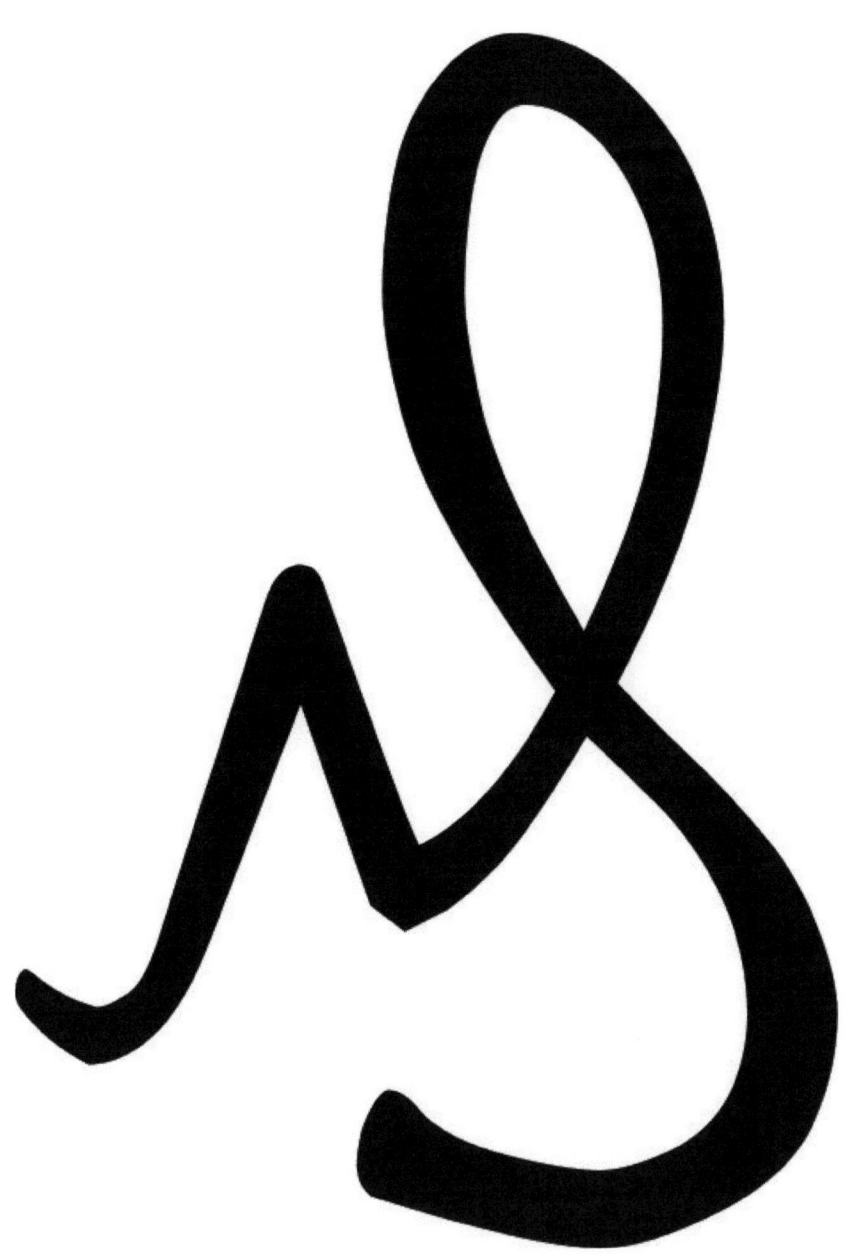

# *Quincy*

À chaque fois qu'on demandait à Quincy d'où venait son drôle de prénom, elle prenait un air important et commençait par dire :
- Vous ne connaissez pas Quincy Jones ? C'est un compositeur américain que mon papa aimait beaucoup et c'est pour cela qu'il m'a donné son prénom.

Enfant, cela ne l'avait pas gênée, mais en grandissant, les remarques et moqueries sur ce prénom masculin l'ont contrariée et elle s'est peu à peu renfermée sur elle-même en cherchant un dérivatif dans la lecture.
Elle commençait par lire le livre, puis, elle fermait les yeux en suçant un loukoum, sa sucrerie préférée et s'inventait un monde à elle, une autre suite à l'histoire qu'elle venait de lire

Un jour, sur un coup de tête, elle a décidé de s'offrir des vacances, elle a feuilleté des tas de prospectus et finalement, elle a choisi de partir en Grèce.

Après un voyage qui a été instructif, elle a découvert le club, mais maintenant, elle se sent perdue et se demande ce qu'elle fait là.
Par chance, elle a découvert la plongée sous-marine, le monde merveilleux des profondeurs et s'y adonne avec une frénésie et un plaisir de plus en plus grand.

Aujourd'hui, une promenade était prévue pour assister au pèlerinage réunissant les trois villages environnants. Elle sera suivie d'une fête foraine et d'un grand feu d'artifice.

On lui a vanté les particularités de cette manifestation et conseillé d'y assister, elle s'est donc obligée de se joindre au groupe, mais parmi tous ces gens qui crient, qui rient, qui chantent, qui gesticulent, qui se forcent au plaisir, elle se sent mal et préfère s'esquiver.

Sous le clair de lune, elle grimpe le remblai, délaisse le sentier de caillebotis pour sentir ses pieds s'enfoncer dans le sable frais et décide de faire un détour par la plage qu'elle espère déserte à cette heure.

Elle déplore que les flonflons troublent le calme du soir, mais ils s'estompent peu à peu quand elle avance vers la mer et bientôt le clapotis des vagues couvre les cris stridents de la fête.

Après avoir pataugé dans quelques mares, elle s'assied, enfonce les pieds dans le sable tiède, prend ses genoux dans les bras et se laisse emporter par la magie du moment. Il lui revient en mémoire cette après-midi de plongée et l'image de la physalie qui sous sa lampe était devenue bicolore, fluorescente puis translucide.

Perdue dans ses pensées, elle n'entend pas les pas qui se rapprochent et sursaute quand une voix au fort accent anglais résonne derrière elle :
- Il y a vraiment trop de bruit là-bas, vous aussi vous préférez le calme ?
Quincy ne répond pas.

La voix continue :
- Comme vous, j'ai fait de la plongée cette après-midi et j'ai découvert ce monde merveilleux, mais je n'ai pas eu l'occasion de vous adresser la parole.

Quincy ne voit pas son interlocuteur, elle hésite entre regretter l'intrusion de cet importun dans sa rêverie ou se laisser charmer par cette voix qui lui semble sympathique.

Quincy ne répond pas

La voix continue :
- Comment vous appelez-vous ?
  Moi, c'est Lewis parce que mes parents adoraient Lewis Caroll.

Un déclic se fait dans la tête de Quincy et elle s'entend répondre :
- Moi, je m'appelle Alice.

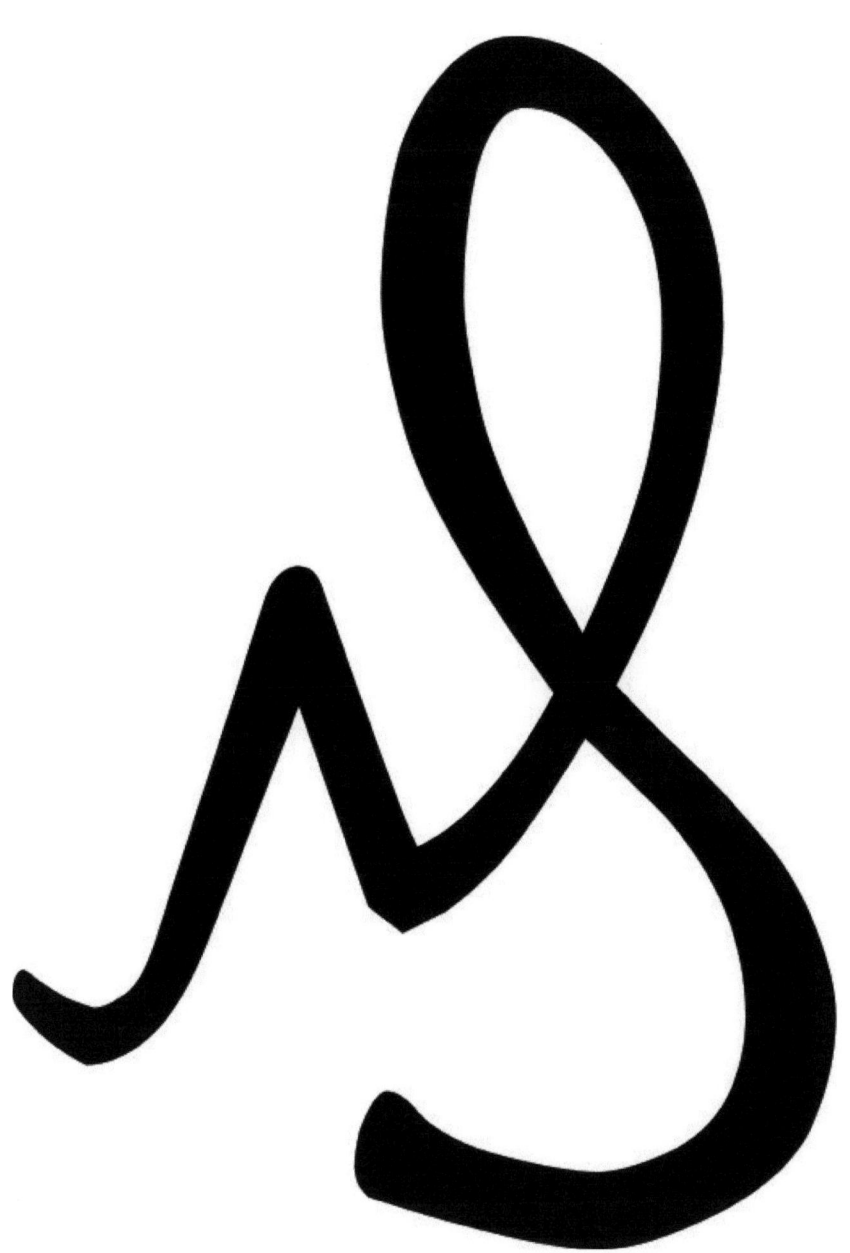

# *Rolande*

Elle se regarde dans le miroir, mais celui-ci reste embué, comme vide.

Elle refuse d'admettre cette réalité . . . irréelle.

Un miroir, c'est fait pour renvoyer une image . . . il n'a pas le droit à l'initiative !

Oui, bien sûr, il doit réfléchir, mais . . . le miroir a donné un autre sens au mot réfléchir, il a osé !

Que faire, face à l'indépendance des objets quand ils nous échappent et qu'ils veulent vivre . . . choisir leur propre vie ?

Rolande a envie de savoir ce qu'il y a derrière ce miroir. Dans sa partie bombée d'écailles, cache-t-il un cerveau, des neurones, des connexions où s'élaborent les sensations ?

Ce miroir sans reflet, elle voudrait l'ignorer, mais sa main se crispe sur le manche et le vide face à elle.

Elle éprouve de la répulsion, de l'écœurement, un dégoût, un rejet, une aversion au goût amer d'aloès.

Pour la première fois, elle sent monter une rage, une envie de détruire, de saccager, d'anéantir.

En personne raisonnable, elle décide de revenir à une plus juste vision des choses, de se calmer, alors, elle prend une inspiration profonde et le soupir qui suit envoie sur le teint blafard un léger souffle de vie.

Le miroir s'irise, il laisse entrevoir des couleurs aux teintes pastel comme un brouillard matinal qui se lève et les gouttelettes saisissent au vol du bleu, du rouge, du jaune ...

Rolande regarde cette vie qui commence à naître. Le miroir accepterait-il enfin de n'être qu'un miroir ? a-t-il décidé de ne plus réfléchir (penser) avant de réfléchir (renvoyer) une image.

Elle attend, mais la décision lui échappe.

Le miroir a bu les perles de couleur, il a repris ce coloris ouaté de vide, il est à nouveau devenu plat, insensible, indifférent.
Elle essaie de retrouver les perles, les couleurs, cherchant dans le gris des nuances turquoise ou amarante, mais le gris se fait de plus en plus sombre.

Le miroir serait-il à ce point intelligent qu'il refléterait non son image charnelle, mais son image intérieure et le grand vide qui l'habite.

Comme pour lui répondre, lentement, un vague contour d'un jaune rosé se dessine, vague d'abord, il se précise peu à peu, et soudain, le voile se déchire et tout devient couleur, tout devient vie !

Rolande a fermé les yeux, quelle sera l'image reflétée, elle l'ignore encore, mais elle se rassure, elle sait qu'il y en aura une ... dans quelques instants. Tout espoir n'est pas perdu !

Le miroir redevient un simple miroir.

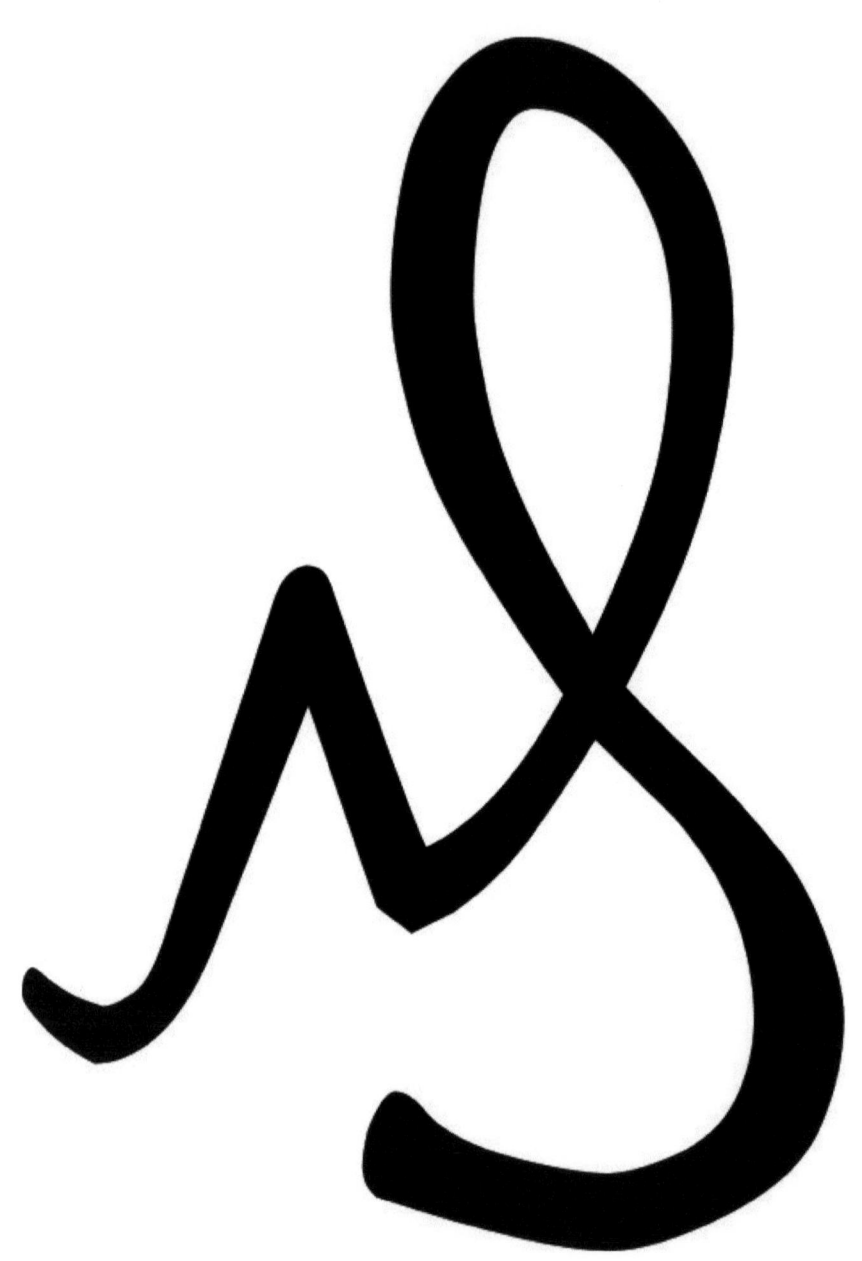

# *Simone*

Simone était ouverte à tous et à tout.

Elle aurait aimé être un homme et sa lutte pour faire les études qui l'intéressaient, sa victoire d'être la première femme à obtenir un diplôme d'ingénieur, l'avait endurcie.

Décidée à rester célibataire, à n'avoir aucune entrave, elle était viscéralement attachée à sa liberté et son travail l'avait amenée à rouler sa bosse un peu partout.
Les enfants adoraient lui rendre visite, car lorsqu'elle racontait sa vie, les anecdotes de ses aventures, elle le faisait avec un vrai talent de conteuse.
Depuis qu'elle avait été obligée de prendre sa retraite, elle continuait à voyager, par curiosité, mais surtout parce qu'elle était incapable de rester longtemps au même endroit.

Simone avait toujours dit :
- Je mourrai avant mes 80 ans.
Pourtant, aujourd'hui, en excellente santé et encore pleine de projets, elle est là, présidant la table autour de laquelle elle a réuni sa famille et ses amis pour fêter son anniversaire.

Le restaurant a été décoré par des petits-neveux.

C'est l'un d'entre eux qui s'occupent de la sono et sur la table voisine s'entassent les cadeaux.

Simone aime un certain faste, elle a souhaité que les hommes arborent un nœud papillon et que les femmes soient en tenues de soirée.
Certains ont un peu renâclé, mais finalement, ils ont compris l'importance que cela a pour elle et pour lui faire plaisir, chacun a obtempéré à son souhait.

Le repas est délicieux.
Au moment du gâteau, elle a soufflé les nombreuses bougies avec l'aide des plus jeunes, l'ambiance est joyeuse, autour d'elle, tout le monde s'amuse.
La fête est réussie, Simone est heureuse.

Avant le café, elle se lève, glisse à l'oreille de sa voisine :
- Je vais faire pipi.
- Veux-tu que je descende avec toi ?
  L'escalier est dangereux.
- Non, il n'y a pas de problème.

Après un certain temps, Isabelle, la nièce assise à côté d'elle s'inquiète de ne pas la voir revenir et décide de descendre au sous-sol.

Au haut de l'escalier, elle pousse un cri et hurle
- Arrêtez ! Silence ! Roger appelle vite une ambulance !

Tout le monde se fige, Roger s'approche de sa femme,
blêmit et saisit son GSM tandis que tous se tournent vers lui avec plein d'interrogations dans les yeux.
Au bas de l'escalier qui descend aux toilettes, Simone git
sur le dos, les yeux ouverts

C'est d'abord la stupeur, le brusque silence qui suit fait frissonner et quand les conversations reprennent, c'est à mi-voix que chacun exprime son sentiment.

Quand l'ambulance emporte la vieille dame, la famille quitte le restaurant par petits groupes.

À l'hôpital, le médecin de garde confirme son décès.
Dans sa chute, elle s'est fracassé la nuque sur les marches de pierre et était morte sur le coup.

Simone née le 14 mars 1923 à 17h20 est décédée le jour de son anniversaire le 14 mars 2003 à 16h50

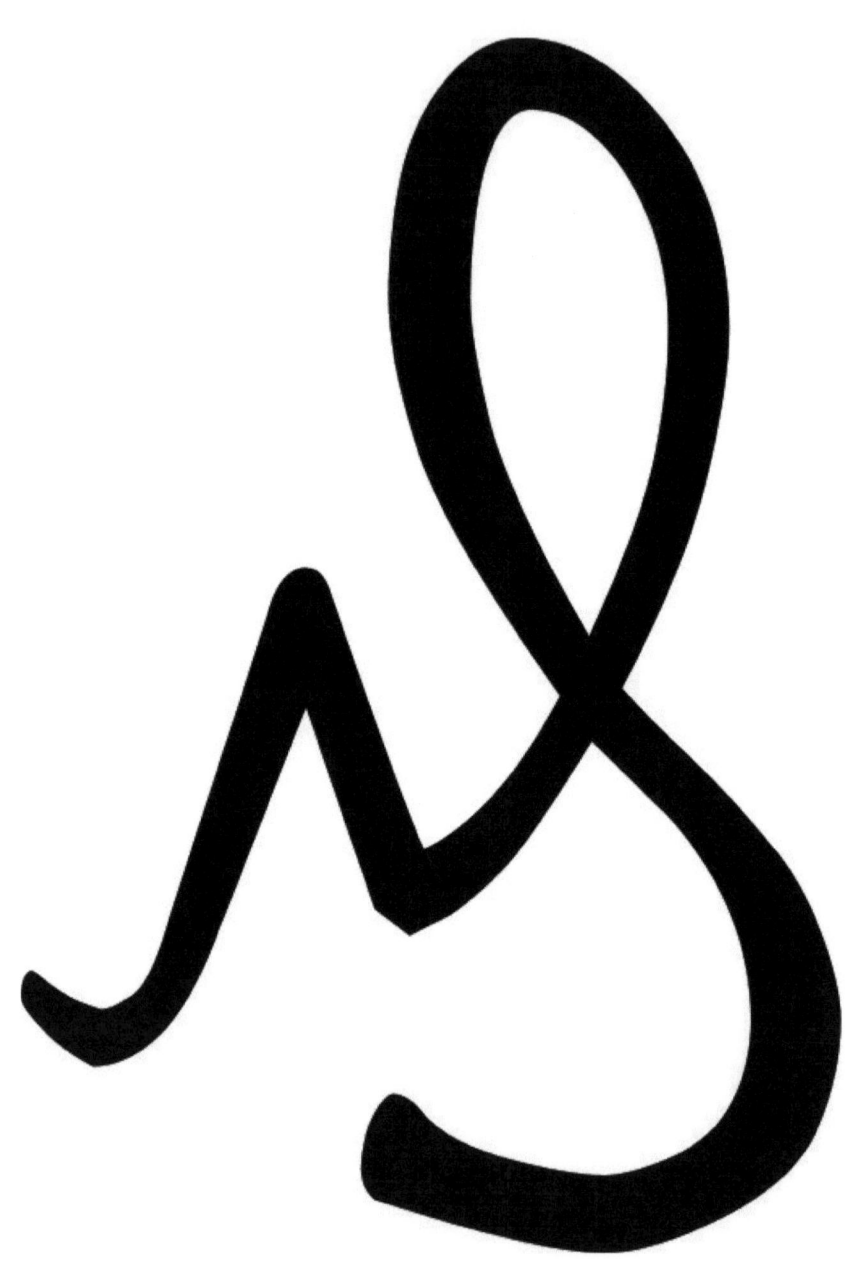

# *Thérèse*

Thérèse avait 16 ans, on était en 1917 et la guerre allait bientôt se terminer.

Dans son petit village, les troupes anglaises avaient pris leur cantonnement et tous les villageois se disputaient l'honneur d'accueillir chez eux un de ces valeureux soldats.
John était l'un d'eux, venu d'un petit village des Cornouailles, il retrouvait ici l'ambiance familiale qui lui manquait depuis le moment où il avait été enrôlé.
Thérèse était jolie, gaie, pleine de joie de vivre,
John appréciait son sourire et recherchait sa présence. Elle ne connaissait pas la langue anglaise, John s'essayait avec difficulté à s'exprimer en français et si son accent réjouissait son auditoire, cela ne les empêchait pas de se comprendre.

Souvent on les voyait se promener sur le chemin qui menait au petit bois voisin et chacun pouvait constater combien ils étaient amoureux. Ils faisaient des projets d'avenir et la maman de Thérèse trouvait que ce charmant jeune homme ferait un gendre très honorable même si le bonheur de sa fille l'obligeait à partir dans ce pays, si loin, de l'autre côté de la mer.

Vint le jour où John dut retourner dans son pays, les larmes aux yeux ils se quittèrent en se promettant de s'écrire souvent.

Quand Thérèse reçut la première lettre de John, elle fut désemparée, il avait écrit dans sa langue et Thérèse ne la comprenait pas.
- Va demander à Charles, lui dit sa maman.

Charles était le fils du voisin, un peu plus âgé que Thérèse, il avait pu (chose exceptionnelle à cette époque) faire quelques études, et . . . connaissait l'anglais.
Charles avec sa serviabilité coutumière traduisit la lettre de John et Thérèse lui dicta la réponse qu'il accepta de traduire en anglais. Pendant plusieurs mois, Charles joua l'interprète pour une correspondance qui se faisait de plus en plus fréquente.

Un jour, Charles sembla avoir des difficultés, pour traduire la lettre de John, il avait un air embarrassé quand il dit que celui-ci écrivait qu'il avait retrouvé une ancienne camarade d'enfance, qu'ils s'entendaient bien et qu'ils allaient se marier le mois suivant.
Il souhaitait à Thérèse de rencontrer, elle aussi, quelqu'un dont elle pourrait partager la vie et espérait qu'elle trouve le même bonheur que lui.

Cette lettre avait foudroyé Thérèse, elle ne pouvait y croire, même quand Charles souligna et lui montra le mot anglais 'mariage'.

Elle répondit à John qu'elle ne voulait plus entendre parler de lui, elle brûla ses lettres, sauf une, la dernière, quant à celles qu'il lui envoya par la suite, elle les jeta au feu sans même les ouvrir, puis peu à peu, elle ne reçut plus rien.
Avec le temps, grâce aux attentions et au soutien de son ami Charles, elle retrouva son sourire, oublia John, se maria avec Charles, eut des enfants, des petits-enfants.
J'allais régulièrement faire une petite visite à Thérèse qui était devenue une vieille dame toujours souriante.

Un jour, elle sortit la lettre de son portefeuille et me demanda de la lui lire une dernière fois avant de la détruire.

Après y avoir jeté un coup d'œil, j'ai prétexté ne pas connaître suffisamment l'anglais pour le faire, car je venais de me rendre compte qu'au lieu d'annoncer son futur mariage, John invitait Thérèse dans son pays pour y faire la connaissance de sa famille et surtout de ses parents impatients de la connaître, de l'accueillir comme leur fille et de célébrer leur mariage.

À la mort de Thérèse, j'ai brûlé la lettre en souvenir de mes grands-parents : Thérèse et Charles.

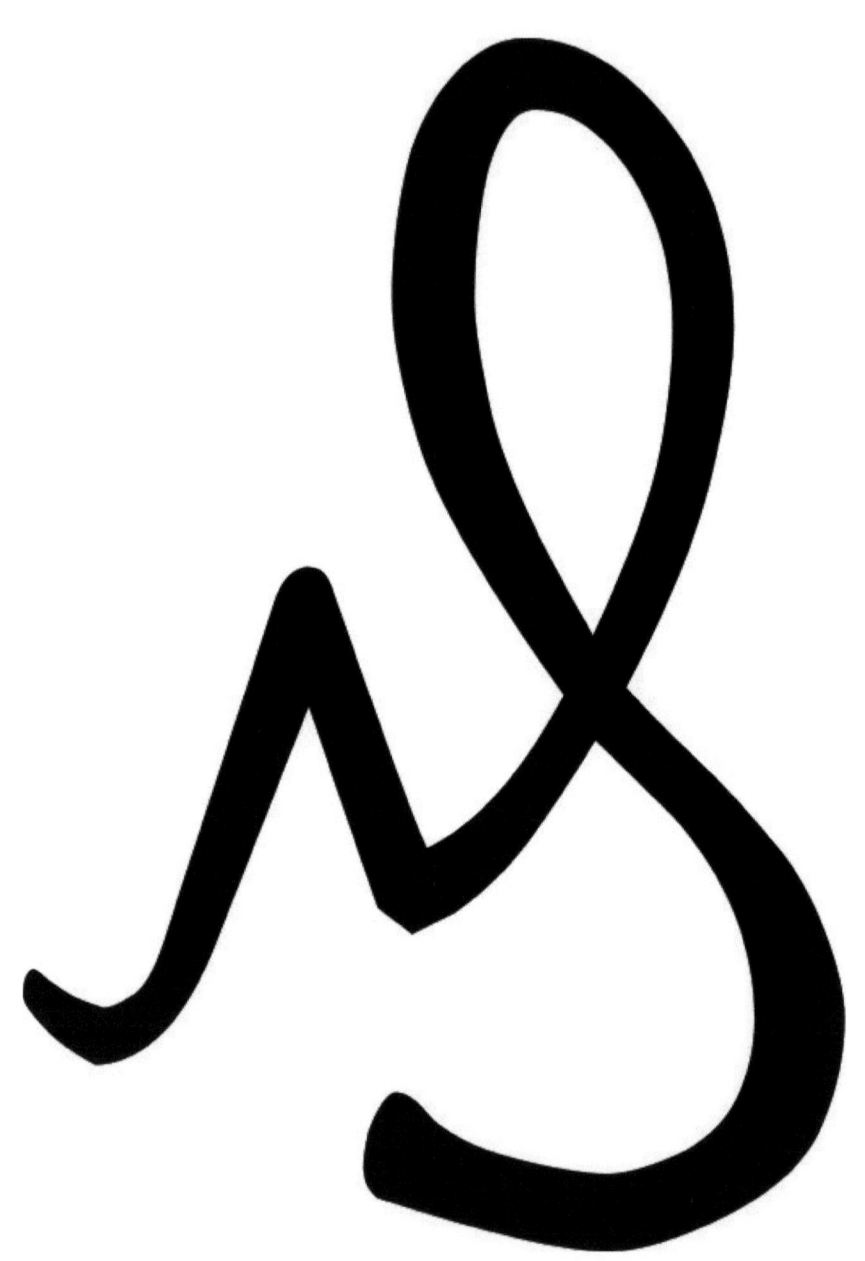

# *Ursule*

Trois fois par an, à la nouvelle année, à Pâques et pour son anniversaire, nous étions obligées ma cousine et moi d'aller rendre visite à la tante Ursule et dans mon souvenir, c'étaient de vrais moments de supplice.

Nos parents nous faisaient une foule de recommandations sur l'attitude à prendre, nous étions pleines de bonne volonté, mais si la tante Ursule n'était pas Folcoche, ce n'en était pas loin.

Malgré nos efforts, ce n'était que des remarques :

- C'est comme ça qu'on dit bonjour !

-Il faudra apprendre à vous habiller, vos chaussettes tombent !

- Quelle turbulence ! Vous êtes incapables de rester tranquilles ?

- Asseyez-vous convenablement !
  Un peu de discrétion s'il vous plait !

- Vous appelez ça de laver les mains !
  Montrez-moi vos ongles !

- Vous avez assez mangé ! La gourmandise est un vilain défaut !

- À table, les enfants se taisent ! Petites péronnelles !

- On boit sans faire de bruit ! Vous ignorez la politesse !

- Vous êtes stupides, ridicules, orgueilleuses, paresseuses, égoïstes et bêtes !

Outre les remarques, elle nous interdisait de regarder sa collection de poupées, de descendre au jardin, de feuilleter une revue, en bref, de bouger.

Quand ma cousine et moi, assises immobiles dans le divan, nous échangions des regards sous-entendus et un petit mot de temps en temps.

La réaction était immédiate :

- Je ne veux pas de messes basses ! Vous êtes des effrontées ! Vous vous jetez des coups d'œil derrière mon dos ! Petites vicieuses !

Nous espérions que nos parents nous défendraient, mais il n'en était rien, ils se contentaient de nous sourire sans rien dire.

En grandissant, j'ai pu refuser d'accompagner mes parents et avec le temps, j'ai oublié ces visites à la tante Ursule.

Beaucoup plus tard, au moment de son décès, un notaire m'a remis un paquet, avec une enveloppe contenant une photo et une lettre par laquelle elle disait vouloir léguer sa collection de timbres à la jolie petite fille qui venait si gentiment lui rendre visite et dont elle gardait un agréable souvenir ?

J'ai alors voulu en savoir plus sur la jeune fille souriante de la photo et j'ai appris que s'étant retrouvée enceinte d'un fiancé mort aux premiers jours de la guerre, ses parents avaient obligé Ursule à avorter pour ''l'honneur de la famille'', elle avait obéi, mais ne leur avait jamais pardonné.

Elle s'était refermée dans son secret.

Son caractère avait changé et elle était devenue cette tante Ursule qui pour moi était l'image de la vieille fille méchante et acariâtre.

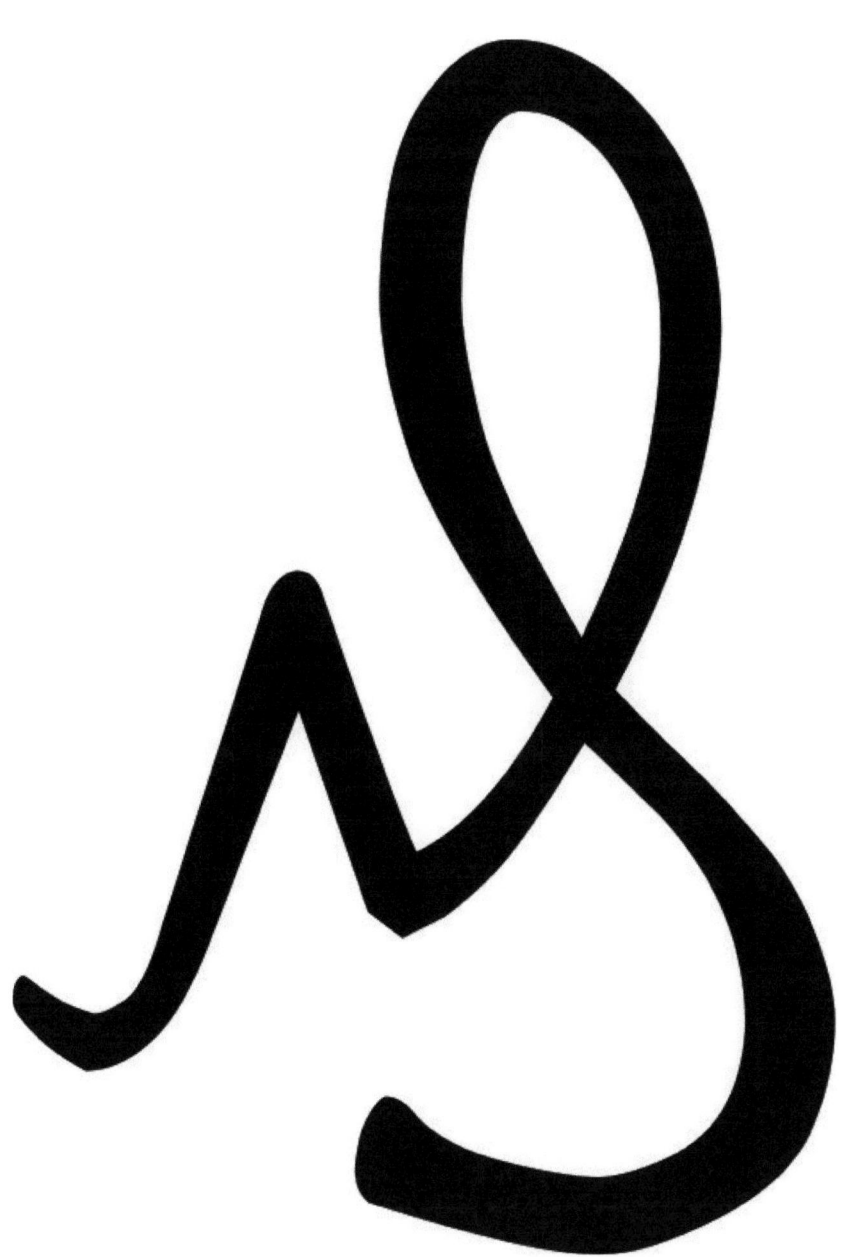

# *Viviane*

Dans le petit chemin de campagne, au volant de sa voiture, Vivine s'énerve, car elle a l'impression de suivre la moissonneuse-batteuse depuis une heure.

Elle aimerait bien la dépasser, mais elle n'est pas casse-cou et le chemin étroit et sinueux ne permet pas une visibilité suffisante pour effectuer cette manœuvre, alors elle ralentit, prend ses distances pour ne pas inhaler tous les gaz d'échappement de ce monstre.

Viviane n'est pas particulièrement patiente.

Ah ! Si elle avait des pouvoirs, elle obligerait la machine à dégager la route et à prendre le premier chemin rencontré.

Elle s'appelle Viviane comme cette fée des légendes de la Table ronde qui utilisant ses dons et abusant de l'amour de Merlin l'enferma dans un cercle magique.

C'est peut-être un signe et elle ne risque rien d'essayer !

- Abracadabra ! Je veux que cette machine dégage la route et tourne dans le premier chemin venu.

Elle a lu la semaine dernière que quand l'on veut vraiment quelque chose, on l'obtient, elle n'y croit pas trop, mais ... on ne sait jamais !

Avec plus de conviction, elle répète :

- Abracadabra !

Et ... l'inattendu arrive, elle ne doit pas attendre une minute avant que la moissonneuse n'emprunte un petit chemin sur la droite

La première étonnée, c'est Viviane.

Elle accélère avec le sourire.

Elle sait qu'elle a encore un long trajet à faire, mais elle jouit de se retrouver seule sur la route, ce qui lui permet de jeter de temps en temps, un coup d'œil à gauche et à droite pour admirer le paysage.
Le soleil qui brillait tout à l'heure se voile, le ciel devient de plus en plus sombre, l'averse n'est pas loin.
Quelques gouttes s'écrasent sur le pare-brise, mais bientôt, elles deviennent de plus en plus grosses, de plus en plus nombreuses et même les essuie-glaces fonctionnant à la vitesse rapide ne permettent pas l'évacuation de cette pluie torrentielle.
Les caniveaux débordent, la terre apportée par les travaux agricoles rend la route glissante et oblige Viviane à ralentir.
Mais puisque cela a marché une fois pourquoi ne pas essayer à nouveau et elle dit encore :
- Abracadabra ! Je veux que les nuages disparaissent, que le soleil revienne et que la route soit moins boueuse.

Il faut à peine une minute pour que la pluie cesse, que la route sèche et que le soleil brille.
Viviane se dit que son père a eu vraiment une bonne idée de lui donner ce prénom, même s'il n'avait pas songé à ce que cela comportait comme avantage.

Elle jette un coup d'œil sur sa jauge, l'aiguille penche dangereusement vers la 'réserve.'
Elle tape du doigt sur le tableau de bord en disant :
- Abracadabra ! Je veux que la jauge remonte !
L'aiguille oscille quelques instants puis se stabilise sur . . .
'réservoir plein'.

Viviane ne doute plus de rien. Tout devient possible.

Après un court trajet dans la campagne, elle rejoint une route plus importante où elle sait qu'elle va pouvoir faire un peu de vitesse et rattraper le temps perdu.

Viviane se détend.

Un bruit insolite attire soudain son attention et elle doit retenir son volant avec plus de fermeté.

Elle s'arrête dès qu'il est possible de se ranger sur le côté de la route et constate ce qu'elle craignait : son pneu arrière gauche est crevé.

En temps ordinaire, Viviane serait effondrée par ce nouveau coup du sort, mais aujourd'hui, tout est différent !

Elle a foi en sa bonne étoile et . . . en sa patronne.

- Abracadabra !

Debout sur le bord de la route, elle lève le pouce et attend qu'une voiture s'arrête, mais . . . rien ne se passe.

Avec détermination, Viviane se décide à changer la roue comme on le lui a appris en se disant qu'elle aurait dû se souvenir que les vœux vont toujours par trois et . . . qu'elle a dépassé le 'quota' permis.

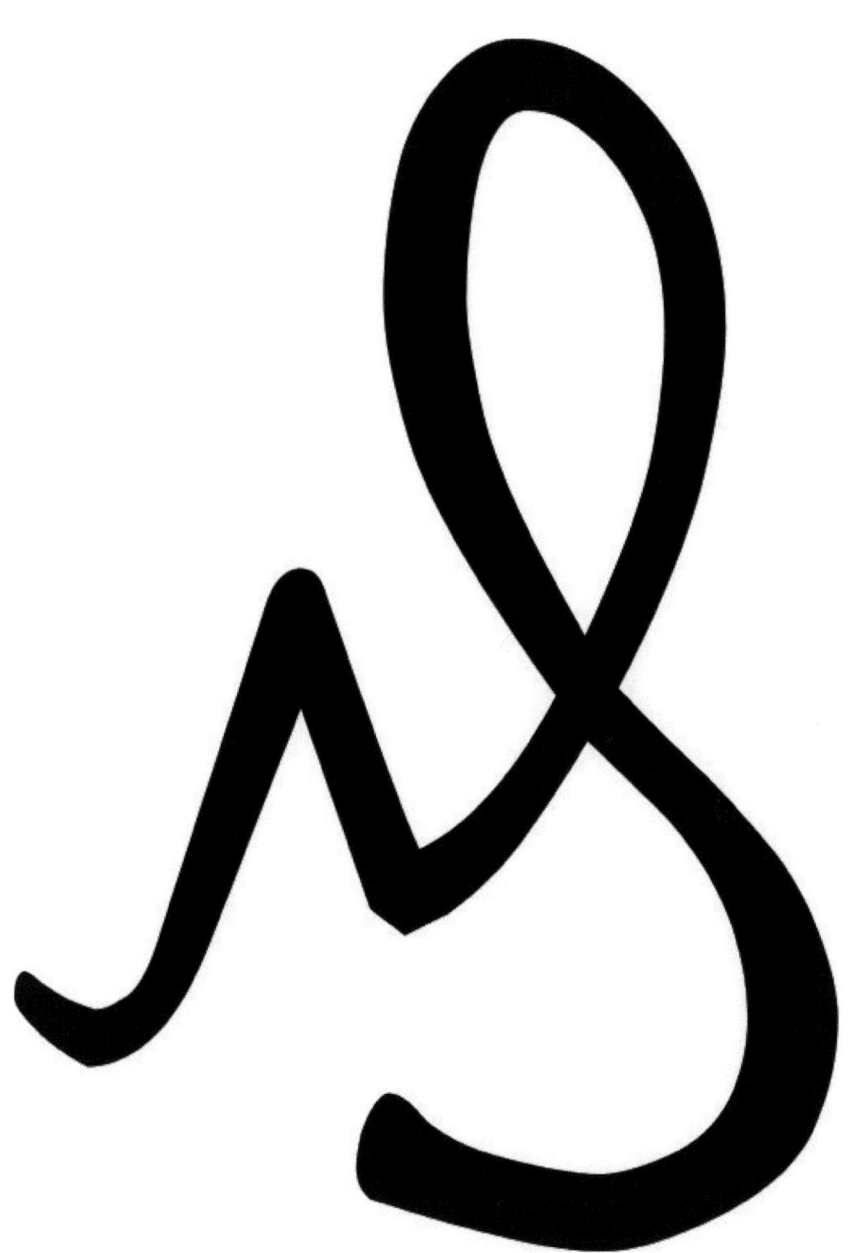

83

# *Wendy*

La ville étouffe, il fait une chaleur accablante malgré le petit vent qui souffle par intermittence.

Léonard l'a déposée en voiture devant le bâtiment principal de la gare, Wendy se dit qu'elle pourrait profiter de l'heure d'attente dont elle dispose pour visiter un des musées de cette ville qu'elle ne connaît pas, mais elle y renonce . . . il fait vraiment trop chaud.

Elle parcourt le souterrain long et frais, malodorant, arrive sur le quai désert, s'assied sur un banc, reprend son souffle, puis retire un carnet du sac trop lourd à côté d'elle.

Finalement, elle est plutôt contente.

Elle repense au WE qu'elle vient de vivre, ce stage dont elle n'attendait pas grand-chose, mais qui lui a rempli la tête d'images, de senteurs, de goûts, de sourires et d'écoute oui, elle est toujours sous le charme de ce congé de fin de semaine si chaleureux, si enrichissant, et la tête encore pleine, elle va pouvoir le prolonger par la lecture des notes qu'elle a prises.

Soudain . . . la terre se met à trembler, comme si elle s'étirait après un long sommeil.

Au-dessus de Wendy, les câbles se tendent, se balancent et murmurent une complainte en se caressant.

Elle pense :

- Je suis encore victime de mon imagination.

Un nouveau tremblement plus fort fait s'envoler un couple de ramiers qui planent un moment devant elle avant de s'éloigner dans les airs.

Une troisième vibration encore plus forte, accompagnée cette fois d'un bruit assourdissant la cloue sur le banc. Ce n'est plus seulement le sol, mais autour d'elle, tout vibre, tout bouge, tout se met en mouvement.

Wendy ferme les yeux, se racrapote et croit sa dernière heure venue quand un monstre d'acier hurlant d'agressivité fonce vers elle, la frôle dans un grincement furieux et lui crache son haleine brûlante au visage avant de s'éloigner à toute vitesse.

Elle n'ose ouvrir les yeux que quand le bruit diminue et dans le souffle qui suit le passage du monstre, elle le voit arborer son nom en lettres de feu comme un étendard tout au bout de la queue '' Thalys ''

Assise sur le quai dans cette ville de province, Wendy vient de voir passer le T.G.V. au doux nom de déesse.

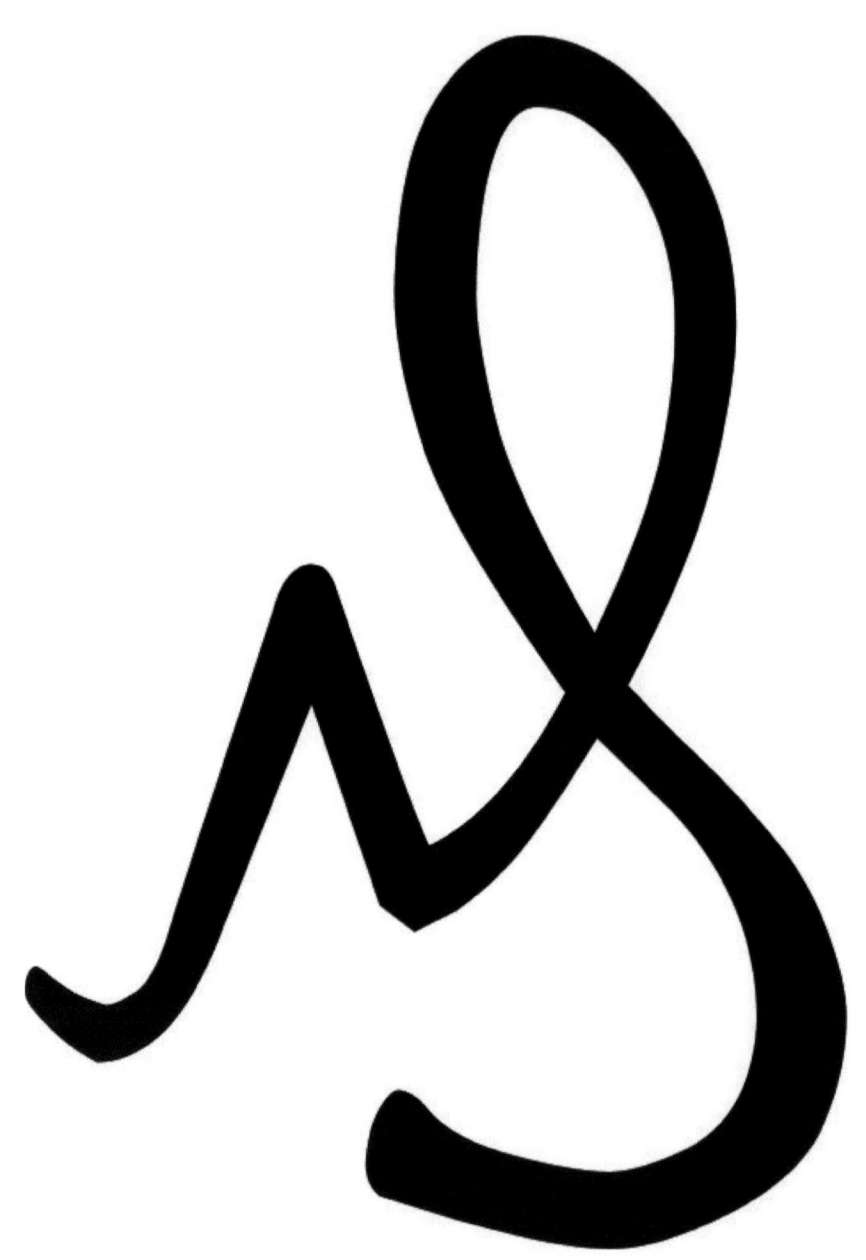

# *Xuan*

Toute la famille est réunie dans le grand hall de l'aéroport pour accueillir la nouvelle petite fille venue de ce pays lointain qu'est le Vietnam.

Agnès, célibataire et déjà âgée d'une trentaine d'années, n'avait jamais pensé adopter un enfant, mais quand elle avait croisé Xuan au cours d'un voyage, elle avait dit :
- C'est elle !

Elle avait immédiatement entamé les démarches pour l'adoption et celles-ci avaient été facilitées, car la petite fille, âgée de huit ans, fut déposée pratiquement bébé dans l'orphelinat où elle avait grandi. Elle souffrait d'une légère malformation de la jambe gauche qui nécessitait opérations et soins et cela avait été jusque-là un obstacle à une éventuelle adoption. Agnès avait été émerveillée par le regard ce cette enfant , séduite par son esprit vif et son caractère joyeux .

Quand elle apparaît, ce ne sont que cris et rires.
Tous veulent l'embrasser et la gamine bien qu'un peu effrayée, sourit, mais ne lâche pas la main d'Agnès, elle répète les quelques mots de français qu'elle connaît :
- Bonjour ... bonjour ... merci ... merci

Après les premières effusions, Monique, la sœur d'Agnès, invite toute la famille chez elle où elle a préparé tartes et gâteaux.
Agnès a proposé à sa sœur Monique d'être la marraine de cette nouvelle petite nièce et de lui choisir son nouveau prénom.

Pour faire oublier à l'enfant, ce qu'elle a vécu dans son pays d'origine, Monique a décidé de lui offrir une gourmette gravée au nouveau nom qu'on lui a choisi : Élodie.

Il fait beau, les enfants s'amusent en riant et se disputent pour qui jouerait avec cette nouvelle petite cousine venue de si loin.
Monique apporte un énorme gâteau où il est écrit : Élodie et elle glisse au bras de la petite fille la gourmette.
La gamine impassible continue de sourire sans émettre un seul son.

 Puis, tous les enfants retournent au jardin, brusquement, des cris, des hurlements ameutent la famille.
Véronique, l'aînée des enfants arrive en criant :
- Élodie est blessée, vite venez, elle saigne.

Tout le monde se précipite à l'extérieur et reste figé.

Élodie, frotte avec vigueur la gourmette sur le mur, elle a le bras en sang, elle crie et pleure.
Agnès la prend dans ses bras pour essayer de la calmer
En se blottissant contre Agnès, la petite fille dit dans un sanglot :
- Xuan, pas Lodie . . . Xuan, pas Lodie . . .

Monique enlève la gourmette du bras de la gamine.

Quelques jours plus tard, elle lui glissera une autre gourmette gravée au nom de Xuan et sera remerciée par un sourire.

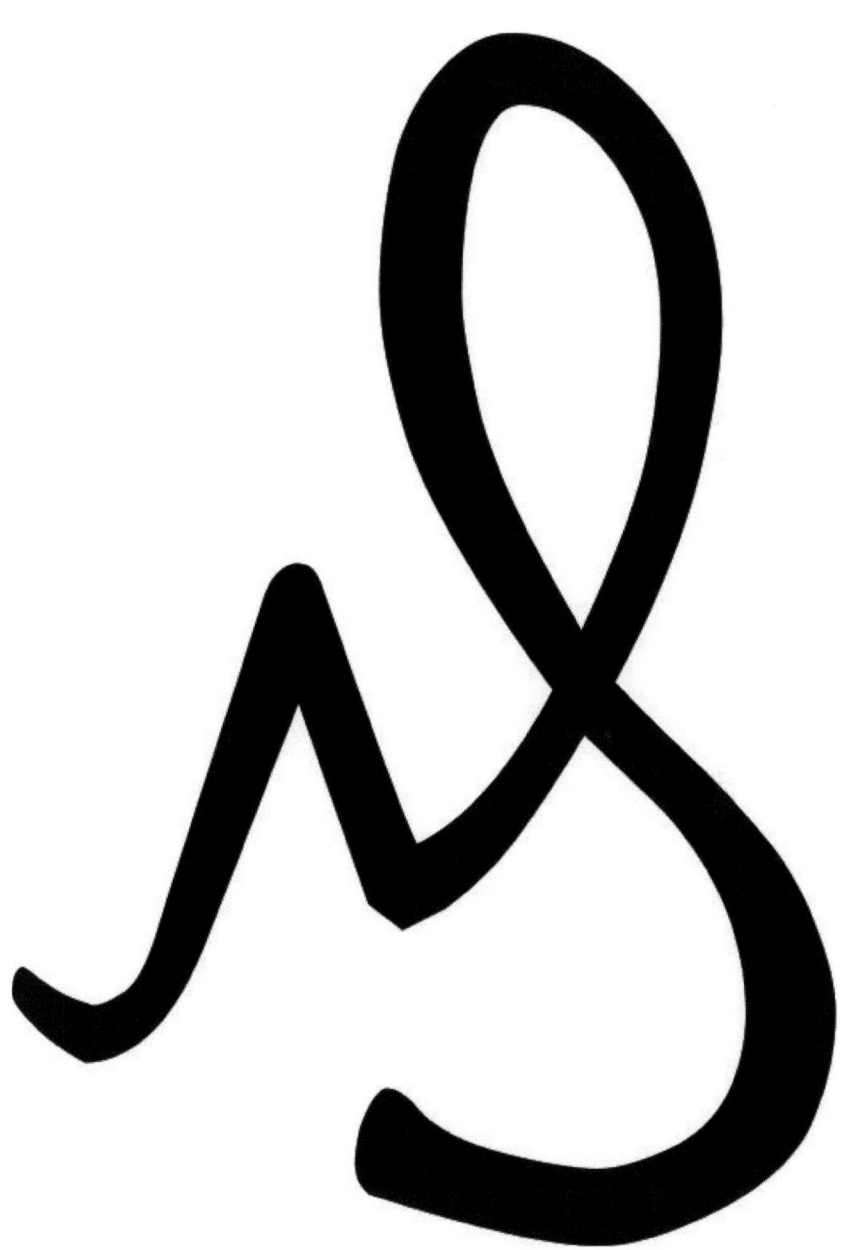

# *Yolande*

Son avion décollera à 13h 43.

C'est la première fois qu'elle va prendre ce moyen de transport, suite aux pressions familiales et au défi que lui a jeté son petit-fils et qu'elle a relevé sans vraiment y penser.
Acculée, ne voulant pas perdre la face, elle a donc accepté de rendre visite au Canada à une partie de la famille qu'elle ne connaît pas et qui l'a déjà invitée à plusieurs reprises.

Levée à 7h 30, après une nuit agitée, elle a seulement été capable de boire une tasse de café au lieu du petit déjeuner copieux qu'elle avait décidé de prendre et maintenant, elle se prépare à ce qui pour elle est un exploit.

L'heure avance trop vite à son goût. L'angoisse la tenaille et les crampes d'estomac se font de plus en plus fortes.

Lorsque son fils Jacques vient la chercher pour la conduire à l'aéroport, elle fait bonne figure, mais ne parvient pas à maîtriser sa voix qui tremble.

En glissant la valise dans le coffre, son fils lui lance :
- Ne sois pas ridicule. Est-ce que tu sais le nombre d'avions qui s'envolent chaque jour et qui arrivent à bon port ?

Tu as beaucoup plus de risques quand tu prends le volant de ta voiture.
Allez viens, on y va.

Contrainte et forcée, Yolande monte dans la voiture.

Jacques lui a promis de l'aider pour l'enregistrement et pour les autres
démarches, mais Yolande se demande si ce n'est pas la manière qu'a
trouvé son fils pour éviter qu'elle ne se défile à la dernière minute.

Il est : 12h 30.

Yolande est dans la salle de transit, celle où il paraît qu'on peut acheter
des tas de choses hors taxe. Elle se dit qu'elle devrait en profiter.

Là-haut, sur la passerelle, son fils l'observe, il lève le pouce pour
l'encourager et lui dire :
- Bravo !
Mais cela ne la rassure pas et son angoisse est telle qu'elle a de la peine
à respirer.

Par orgueil, elle sourit, fait un signe de la main et explique par gestes
qu'elle va faire quelques achats dans les boutiques.

Dans la parfumerie, le choix entre les différents flacons s'avère difficile,
elle sent l'une après l'autre les différentes fragrances, semble hésiter,
puis recommence comme si elle avait tout son temps.

Quand, elle passe enfin à la caisse, il est: 12h 55.
Par la grande verrière, elle voit décoller l'avion qu'elle aurait dû prendre
et elle pousse un soupir de soulagement.
Elle a un sourire intérieur.

– L'avion, ce ne sera pas pour aujourd'hui !

Elle est à la fois déçue et ravie, ennuyée et contente.
Elle va rentrer chez elle, jouera l'étonnée, comme si elle a été victime de sa distraction, alors qu'elle sait que c'est consciemment qu'elle n'a pas écouté les appels diffusés par les haut-parleurs.

Aujourd'hui, elle s'en tire à bon compte, elle en sera quitte à offrir les bouteilles de champagne qui étaient l'enjeu du pari, mais elle se jure bien que dorénavant elle réfléchira à deux fois avant de relever un défi.

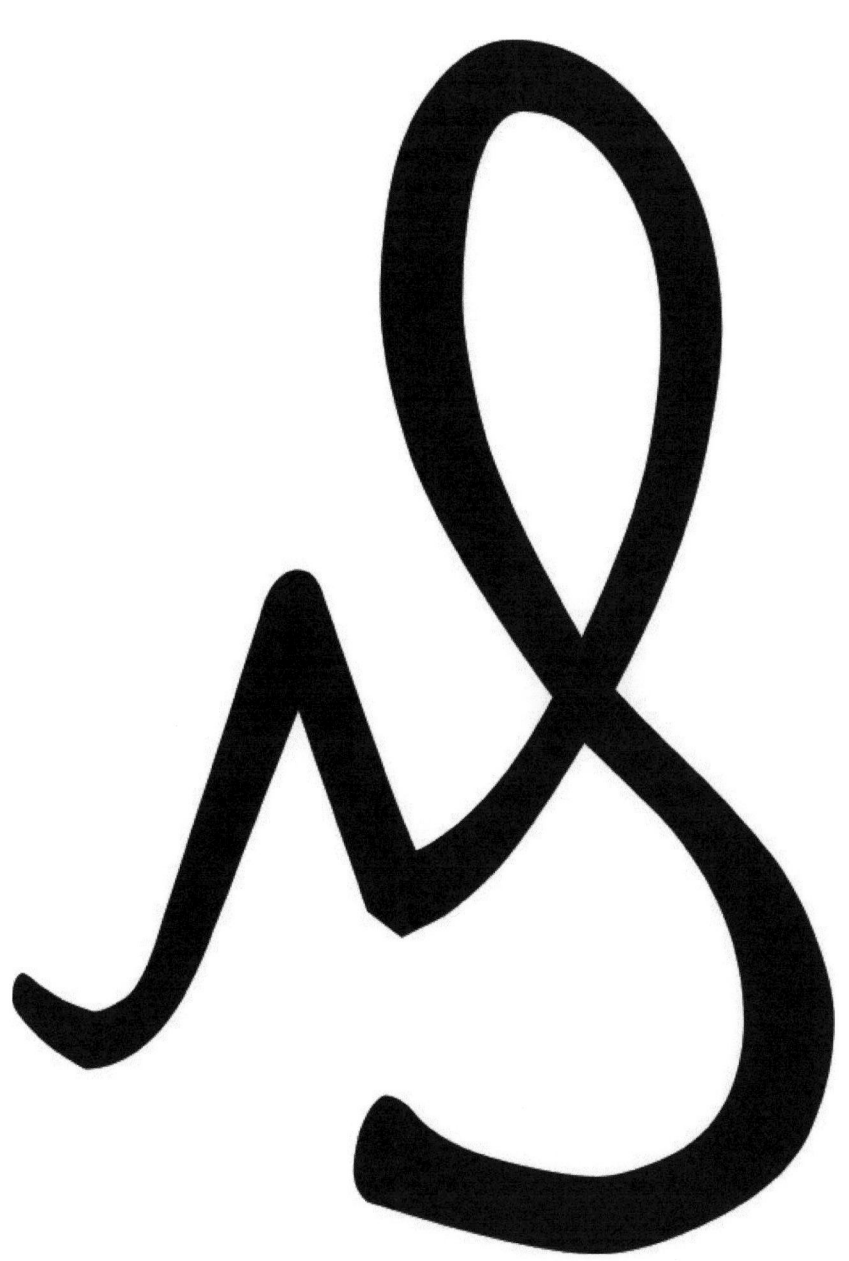

# *Zénobie*

Dans la maison de retraite, la chambre de Zénobie n'est pas la plus petite. Elle est meublée d'une table, d'une chaise et d'une minuscule armoire pour ranger son linge, mais on s'y déplace pourtant avec difficulté, car pour rejoindre le lit, il faut se glisser entre la table et le mur.

Dans un coin, un vaste coffre en bois, verrouillé par deux solides serrures en fer forgé occupe la moitié de la pièce et il est si lourd qu'on peut à peine le déplacer.
Il porte des traces de coups, les personnages et les animaux qui le décorent ont perdu qui une main, qui une patte et Zénobie ne se sépare jamais de la clef qui pend à son cou.

La direction de l'établissement a plusieurs fois essayé de l'enlever, mais à chaque fois, Zénobie ordinairement gentille, douce et souriante a piqué une colère si terrible qu'elle a effrayé les infirmières et que personne par la suite n'a plus osé discuter la présence de ce meuble imposant.

Comme elle n'a pas de famille, ne reçoit jamais de visite et que pour son 90e anniversaire, elle a reçu un poste de télévision, on a du placer celui-ci dans la salle commune.
Zénobie est une solitaire, elle ne descend dans la salle du réfectoire que pour prendre ses repas et le reste du temps, assise, pendant des heures, immobile, dans son fauteuil, elle fixe le coffre, plongée dans ses

souvenirs alors que seuls ses doigts bougent comme si elle tenait un objet entre les mains.

Dans la séniorie, les idées le plus fantaisistes courent sur ce fameux coffre qui contient peut-être un trésor de pirate.

À une jeune stagiaire asiatique qui est entrée dans ses bonnes grâces, la vieille femme a fait certaines confidences, mais a toujours refusé d'ouvrir le coffre ou de dire ce qu'il contenait.

Perspicace, celle-ci a compris que le coffre est pour Zénobie le symbole de sa vie passée, de cette vie d'aventurière qui l'a menée aux quatre coins de la terre, parcourant des pays lointains et peu connus, des régions de montagne parfois difficilement accessibles, traversant des mers écumantes, des forêts touffues, des neiges éternelles, des déserts, s'arrêtant parfois sur des plages de rêve et ramenant à chaque voyage un objet qui rejoignait les autres dans le coffre de bois qui la suivait partout.